Edwin Bormann

Die Komödie der Wahrheit

Lustspiel in drei Akten

Edwin Bormann

Die Komödie der Wahrheit
Lustspiel in drei Akten

ISBN/EAN: 9783743338005

Hergestellt in Europa, USA, Kanada, Australien, Japan

Cover: Foto ©Andreas Hilbeck / pixelio.de

Manufactured and distributed by brebook publishing software
(www.brebook.com)

-

Edwin Bormann

Die Komödie der Wahrheit

Die
Komödie der Wahrheit.

Lustspiel in drei Akten.

Von

Edwin Bormann.

Leipzig
Edwin Bormann's Selbstverlag.
1897.

Meiner lieben Frau

Johanna

gewidmet.

Vorwort.

Das vorliegende Theaterstück beginnt mit einer lebhaften und drastischen Dialekt-Scene. Trotzdem hat der Verfasser keinen Augenblick gezögert, ihm den Namen Lustspiel, nicht Schwank oder Posse beizulegen.

Wodurch unterscheidet sich die Posse vom Lustspiele? Die Posse begnügt sich, Spaß zu machen; das Lustspiel bietet Humor. Humor aber ist die Heiterkeit, die im Gemüth wurzelt, die Fröhlichkeit, die einen ernsten Hintergrund hat. Der Humor des Lustspiels kann ebenso ausgelassen lustig sein wie der Spaß der Posse; aber seine Stufe ist eine höhere, ja vielleicht die höchste, die es überhaupt in der Kunst giebt. Denn belehren und unterhalten zugleich, was jede gute Dichtung soll, und überdies die Herzen und Lippen zum Lachen zu bringen ist eine ebenso ernste und hohe wie fröhliche und erquickliche Aufgabe. Und noch eins ist es, was Posse und Lustspiel unterscheidet. Die Posse springt mit der Fabel und den Charakteren mehr oder weniger nach Belieben um. Das gute Lustspiel aber stimmt mit der Tragödie darin überein, daß es eine einfache Fabel und die Zeichnung der

Charaktere mit möglichster Strenge durchführt. Ein wirklich gutes Lustspiel kann daher auch sehr ernsthafte Charaktere, Scenen und Situationen aufweisen, ohne deshalb den Charakter des Lustspiels zu verlieren. Man erinnere sich an „Le Misanthrope," „Le Tartufe" von Molière und an „Much ado about nothing" und „The Winter's Tale" vom großen Briten. Daß in einem echten Lustspiele, das die Schwächen und Thorheiten der Menschheit darstellen und geißeln soll, nicht alles mit Sammetpfötchen angefaßt werden kann, versteht sich fast von selbst.

Als vor einem Menschenalter Gustav Freytag seine „Technik des Dramas" veröffentlichte, schrieb er am Ende des Vorworts: „Die Technik unseres Lustspiels darzustellen ist deßhalb bedenklich, weil zwar zwei Arten desselben, Familienstück und Posse, bei uns eine breite und behagliche Ausbildung erhalten haben, die höchste Gattung der Komödie aber überhaupt noch kaum auf der neueren Bühne lebendig geworden ist. Ich meine die launige und humoristische Darstellung des beschränkten Empfindens, Wollens und Thuns, welche über die Anekdote des häuslichen Lebens hinausgeht und weitere Kreise menschlicher Interessen behandelt. Wenn erst Schwäche der Fürsten, politische Spießbürgerei des Städters, Hochmuth des Junkerthums, die zahlreichen socialen Verbildungen unserer Zeit ihre heitere und stilvolle Verwerthung in der Kunst gefunden haben, dann wird es auch eine ausgebildete Technik des Lustspiels geben." — Was Freytag da eben genannt hat, das sind Stoffe, bei denen es ohne Satire nicht abgehen kann, zu mildern wäre sie freilich in allem durch den sonnigen goldigen

Schelm Humor, der eben erst das Lustspiel zum Lustspiele macht, und von dem derselbe Gustav Freytag an einer anderen Stelle des genannten Buches sagt: „Grundlage des Humors ist die unbeschränkte Freiheit eines reichen Gemüthes, welches seine überlegene Kraft an den Gestalten seiner Umgebung mit spielender Laune erweist.“

Das hier folgende Lustspiel zeigt einen ernsten, tiefen Hauptgedanken. Um eine schlichte und klar geführte Handlung gruppiren sich Charaktere, die sämmtlich zum Hauptgedanken im engsten Zusammenhange stehen. Und ob die Satire, der Humor und die gute Laune, die das Ganze durchdringen und umgaukeln, in rechter Weise geübt sind, das wird der Leser bei der Lektüre des Buches, das wird der Zuschauer beim Schauen und Hören am besten an sich selbst verspüren.

Die Erstaufführung des Stückes findet im Herbst dieses Jahres 1897, im Stadttheater zu Leipzig statt.

Perſonen.

Staatsminiſter Graf von Thum, Vice-Kanzler der
    Karl-Friedrichs-Univerſität.

Geheimerath Profeſſor Dr. Schiefberk.

Bertholdine, ſeine Frau.

Erneſtine, beider Tochter.

Hofrath Profeſſor Dr. Schrippe.

Profeſſor Dr. Kerwel, Univerſitäts-Dekan.

Profeſſor Dr. Henzi.

Manfred Roemer, Privatgelehrter.

Baron Weidmann.

Dr. Müller, Oberlehrer aus Leisnig.

Julia Engel, eine reiche Erbin.

Kommerzienrath Deſſauer, Börſenmann.

Natalie und Olga, ſeine Töchter.

von Aegele.

Grünwieſer, Verlagsbuchhändler und Herausgeber des
    „Tagesboten".

Kanditat Enge, Zeitungsreporter.

Runkofski, Diener des Geheimerath Schiefberk.

Karoline, Köchin bei Geheimerath Schiefberk.

Porphyrion Neumann, Faktotum des Privatge-
    lehrten Manfred Roemer.

Ein Herr aus Mittweida.

Schmidt, Logenſchließer.

Eine Garderobiere.

Herren und Damen aus der feinen Geſellſchaft.

Ort der Handlung: Eine deutſche Univerſitätsſtadt.

Zeit der Handlung: Gegenwart.

———

Erster Akt.

Manfred Roemer's Studirzimmer. Behaglich, aber nicht luxuriös.

Erste Scene.

Neumann steht mit ein Paar Schafstiefeln in der Hand im Hintergrunde. Karoline in der offenen Stubenthür. Im Laufe des Gesprächs kommen beide bis in die Mitte der Bühne.

Neumann.

Sie seufzen, Garlinchen?

Karoline.

Ach ja, Herr Neumann.

Neumann.

Un dürf man nach den Grunde Ihrer Ursache fragen?

Karoline.

Ach, Herr Neumann, die Welt wäre so schön wenn's nur keine Wissenschaft gäbe!

11

Neumann.

Garlinchen, das verschdeln Sie nich.

Karoline.

Sehn Sie, Neumann, wir lieben uns –

Neumann.

'S schdimmt, Garlinchen. Seit fünf Jahren.

Karoline.

Seit fünf Jahren, zwei Monaten und siebzehn Tagen. Und seit vier Wochen haben wir das Glück, unter einem Dache zu wohnen. (Es klingelt.) O weh, ich glaube gar, die Geheimeräthin klingelt schon nach dem Kaffee. (Sie lauscht auf die Flur hinaus.) Nein, es ist nur der Kohlenmann. Unten koche ich bei Geheimeraths, hier oben bemuttern Sie Ihren Manfred Roemer. Alles wäre herrlich und schön, wenn nicht die verflixte Wissenschaft —

Neumann.

Garlinchen, lassen Se mir meine Wissenschaft ungeschoren! De Wissenschaft is der Culminationsbunkt alles menschlichen Seins.

Karoline.

Na, die Wissenschaft möchte ja auch immer noch sein. Aber das vertraxte Gestreite!

Neumann.

Der Gamf is der Vader aller Dinge.

Karoline.

Und wenn sie sich nun einmal kampeln müssen, warum kampeln dann gerade mein Geheimerath und Ihr

Manfred Roemer auf verschiedenen Seiten? Mein Herr
ist älter als Ihrer, ich dächte doch der müßte es besser
verstehn wie Herr Roemer.

Neumann.

Ihr Geheimerath besser? ha ha ha, das is zun
Lachen. Garlinchen, wissen Se, was de Seiten des Hergules sin?

Karoline.

Neumann, ein für allemal, Unanständigkeiten ver-
bitte ich mir!

Neumann.

Ja was denn?

Karoline.

Wenn ich mir ihn auch noch nicht in der Nähe an-
gesehen habe — denn ich bin ein sittsames Mädchen —
aber ich werde doch wissen, was es mit dem Herkules im
Stadtparke auf sich hat. Kleidungsstücke: eine Keule und
ein Löwenfell, und das Löwenfell auch noch über den
Arm gehängt!

Neumann.

Aber erlaub'n Se, Garlinchen. Ich rede ja gar nich
von Hergulessen selwer. Ich rede von den Seilen des
Hergules. Denken Se sich also ämal: hier das weere
die eene Seile (er setzt den rechten Stiefel in die Mitte des Zimmers),
un das weere de andere (er setzt den linken Stiefel einen halben
Meter davon)   finden Se da was Unanständiges drinne?

15

Karoline.

Bis jetzt noch nicht.

Neumann.

Un'nu denken Se sich derzwischen weere Wasser, un hier weere Wasser un dort weere Wasser; un was hier hieben liegt, das wißden mer, un was da drieben liegt, das wißden mer nich. Un de Gelehrden, sehn Se, die sitzen un alle in zwee großen, mächdigen Schiffen uf der Seide (Er nimmt zwei große schweinslederne Bände aus dem Büchergestell und stellt sie mit der hohen Kante auf den Fußboden); un in den eenen Schiffe, da schrein se eegal „Jgnorawimus!" un in den andern da schrein se eegal „Plus ultra!" „Jgnorawimus" das heeßt nämlich so viel wie: Dort is de Welt mit Bredern vernagelt! Da genn' mer nich dorch! Mer wer'n nie wissen, was da drieuwen liegt! Nischt Neies gibbt's nich, de Wissenschaft hat mit den Alden genug ze dhun! „Plus ultra!" awer das heeßt: Mir lassen uns nischt vernageln! Immer feste dorch! Bange machen gilt nich! Mir woll'n was Neies erlewen, de Wissenschaft muß fortschreiden!

Karoline.

Neumann, Sie sind ja wirklich selber ein Professor!

Neumann.

Un sehn Se, Garlinchen, eener von den Haupt-Jgnorawimussern is Ihr Geheimerath, un eener von den Plusultraern, villeicht der Allerplusultraste, is mei Manfred. Mei Herre is der Gabidän uf den eenen Schiffe,

14

un ich bin fei Schiffsjunge. Ihr Herre is Steiermann uf den andern, un Sie, Carlinchen —

Karoline.

Hören Sie auf, Neumann! Mir wird beim bloßen Gedanken schon seekrank!

Neumann (mit tragischem Pathos).

Weib, begreifst du jetzt die Macht der Wissenschaft? Begreifst du, was es heeßt, de Wahrheet suchen? Ich, Borphyrion Neumann, will dorch de Seilen des Herqules hindorchsegeln, un wenn alle Geheimeräthe der Welt uf eemal „Ignoramimus!" brüllden, un wenn mich alle Professoren des Erdkreises hinden beim Rockslißdichen ze backen kriegden!

Karoline (schwärmerisch).

Wie aber, Neumann, wenn die Band der Liebe Sie zurückzuhalten versuchte?

Neumann.

Liewe?! Caroline, daß ich dieses Gefiehl fier dich in heechsden Grade ze hegen de Fähiggeit besitze, weißt du. Ich hawe seit fimf Jahren mei Herz dir anvertraut. Ich hawe dir sogar schon ze verschiedenen Malen mei Spargassenbuch anvertraut. Awer die Liewe is änne Leidenschaft — underbrechen Se mich nich, Carolinchen! — die Liewe is änne Leidenschaft! (Er geht auf sie zu.)

Karoline.

Neumann, Herr Neumann! Hand von der Butter! Sie wissen, ich komme nur unter einer Bedingung hier-

her zu Ihnen, und die ist: daß Sie mir stets einen Anstandsmeter weit vom Leibe bleiben.

Neumann

(fällt plötzlich in den erklärenden Gelehrtenton zurück).

Änne Leidenschaft, also immerhin änne Art Seelen-
krankheet, während de Wissenschaft änne Seelendugend
is, diejenigde Dugend, die de der menschlichen Seele den
heechsden Schliff ze verleihen in der angenehmen Lage
sich befindet.

(Leises, aber sehr lebhaftes und anhaltendes Klingeln.)

Karoline.

Aber jetzt ist's die höchste Zeit! Jetzt läutet's
Sturm! Ich kenne sie am Handgelenke. (Sie eilt ab.)

Neumann.

Garlinchen, lassen Se de Saaldhiere uf. Ich wer'e
se bernachens schon so gereischlos wie meeglich zumachen.
(Er hebt die Bücher vom Boden auf, setzt sie wieder an ihren Platz
und trägt die Stiefel durch die Seitenthür in Roemer's Schlafzimmer.)

Zweite Scene.

Baron Weidmann tritt auf.

Baron Weidmann.

Offene Thür und offenes Herz! Und Bücher, Bücher!
Ganz der alte Manfred! (Er zieht seine Taschenuhr.)

16

Ein zeitiger Besuch! Aber gleichviel. Der erste Hände-
druck in der alten Heimath soll für ihn sein. (Er erblickt ein Buch auf dem Tische und geht darauf los.) Ah, da liegt's
ja, das Längsterwartete! —: „Neue Bahnen." (Er schlägt
das Buch auf und liest:) „Manfred Roemer seinem lieben
Weidmann." (Guter Junge! Zwei Herzen und ein Gedanke! Ich will dir den ersten Gruß bringen, und du
kommst mir noch zuvor. Es ist das Exemplar, das du
für mich bestimmt hast. Und was ist hier? Ein Hamlet-
Citat:

„Gieb mir den Mann,
Der nicht der Knecht der Leidenschaft, ich will ihn tragen
In meines Herzens Kern, im Herzen meines Herzens,
So wie ich dich."

Es ist gut, daß ich allein bin. Ich glaube, ich bin
roth geworden. Na, wenn's Hamlet sagt, und Roemer
zu Papier bringt, werde ich ja wohl nicht widersprechen
dürfen. Machen wir's uns ein wenig bequem. (Er setzt
sich mit dem Buche in die Sophaecke und liest eifrig.)

Dritte Scene.

Baron Weidmann. Neumann tritt wieder ein. In der Mitte des
Zimmers angelangt, sieht er Weidmann sitzen.

Neumann.

Na nu?!

Baron Weidmann blickt erst jetzt vom Buche auf).

Na nu?!

Neumann.

Sie hamm sich wohl verärrt?

Baron Weidmann.

Ich habe mich bisher in der Welt leidlich zurecht gefunden.

Neumann.

Mir sin hier gee effentliches Lagal, gee Resterang.

Baron Weidmann.

Nein, wir sind kein Restaurant, ich weiß.

Neumann.

Ooch geene Buchhandlungk!

Baron Weidmann.

Nein, auch keine Buchhandlung.

Neumann (immer gereizter).

Änne Leihbiwliodhek erscht recht nich!

Baron Weidmann.

Ach, Sie meinen, weil ich ein Buch in der Hand habe?

Neumann.

Ja, das meen' ich allerdingks. Un was fer ä Buch! Sehn Se, da biffeln mir un vier, fünf, sechs Jahre, schaffen uns Dausende von Biechern an, fahren hierhin, fahren dorthin, um daß mer den Dingen uffen Grund gomm', schreiwen ä ganßes Jahr langk bis in de diesen

Nächde, lassen das Dingks drucken, un un, un soll'n 's
de Leide goofen. Ja, Proste Mahlzeit! Hat sich was.
Aus der Buchhandlungk lassen se sich's in's Haus schicken,
blädddern ä bischen drinne 'rum un dauschen's hernach
gegen ä Roman von der Marlidden oder von der
Bärschdenbindern um. In de Leihbibliodhek loofen se
un bumben sich's fer zehn Fennige de Woche. Ja uf
de Letzt gomm' se gar noch hierher an de Quelle selwer
un nassauern, nassauern unsere Wissenschaft, unsere
Schönwenwärme, unsere Sophaecke — Alles uf eemal!

Baron Weidmann.

Wer sagt Ihnen denn, daß ich nassauere?

Neumann.

Nu, meine zwee Ogen, die ich in Gobbe hanwe.

Baron Weidmann.

Beruhigen Sie sich, Porphyrion

Neumann.

Was? Ooch noch bein Vornamen?! Woll' mer denn
nich villeicht gleich Brieterschaft mit enander machen?

Baron Weidmann.

Beruhigen Sie sich, Porphyrion, ich lese in meinem
eigenen Exemplare.

Neumann.

Das Buch Ihr Buch? Hier von Dische hamm Se
's weggenomm'!

Baron Weidmann.

Ganz recht; aber können Sie lesen? (Er hält ihm das offene Buch hin.)

Neumann (liest).

„Manfreed Reemer seinen liewen Weidmann".

Baron Weidmann.

Der schriftliche Beweis.

Neumann (ungläubig).

Sie weeren der — der hier (Er zeigt auf das Buch). „Im Herzen meines Herzens"?!

Baron Weidmann (citirt als läse er aus einem Briefe vor).

„Weidmann, die Stunde der Entscheidung naht, aber ich fühle tausend Leben in mir" — Kennen Sie mich jetzt?

Neumann (freudig).

Herr Baron, das sin de Schlußworde aus unsern vorigden Briefe, wertlich!

Baron Weidmann (reicht ihm die Hand.

Ich kenne Sie auch, Porphyrion. Wie oft habe ich die sauberen Manuskriptblätter in Händen gehabt, die Sie in Roemer's Auftrag für mich abgeschrieben haben. Ich kenne das halbe Buch hier im Voraus aus Ihrer Handschrift.

Neumann (betrachtet den Baron.

Also so sieht der Mann aus, der in Herzen seines Herzens loschirt? Ja ja, Herr Baron, in seinen Innewendigen hamm Sie de gude Stuwe. (Gerührt.) Awer Neimann wohnt ooch nich in der Rumpelgammer! (Er lauscht an der Seitenthür.) Herr Baron, ich därf Sie doch melden?

Baron Weidmann.

Thun Sie's, aber nicht mit Namen.

Neumann (klopft an die Seitenthür).

Herr Reemer!

Manfred
(im Innern mit lauter Stimme und in rauhem Befehlshabertone).

Silentium!

Neumann.

Er denkt.

Baron Weidmann.

Er denkt?

Neumann.

Ja, Herr Baron. Gaum daß mer mit eenen Beene aus en Bedde sin, da geht bei uns 's Denken los. Un wenn er um gerade midden drinne is, Herr Baron

Baron Weidmann.

Ja, dann denkt er vielleicht noch eine ganze Stunde weiter.

Neumann.

J nu nee Herr Baron, so simmer nich. Da werf' mer was mit 'en Blei uf ä Babierchen un denken bloß unsern allernothwendigsden Gedanken noch ze Ende un dann gommt gleich ä Gedankenschbrich — (Macht die Hand-bewegung eines Gedankenstriches.)

Manfred (drinnen, in sehr freundlichem Tone).

Neumännchen, was giebt's denn, mein Junge?

Neumann.

Sehn Se, da is er schon beim Gedankenschbriche an-gelangkt! — (Er spricht gegen die Thür.) Herr Reemer, ä Herre winscht Sie ze sprechen. (Er lauscht an der Thür und wiederholt dann dem Baron Manfred's Worte.) „Geene Zeit, balde ewen meine Rede!" — (Er spricht wieder gegen die Thür.) Der Herre sagt, er hädde Jhnen was Wichdiges mitze-dheilen. (Lauscht, dann zum Baron.) „Soll um Elfe wieder-gommen!" — (Gegen die Thür.) Der Herre sagt, er mißde Sie gleich schbrechen, un wenn's uf fünf Minnden weere. (Lauscht, dann zum Baron.) Jhren Namen will er wissen. (Gegen die Thür.) Er will en nich sagen! (Lauscht und kehrt sich mit dummem Gesicht gegen den Baron.)

Baron Weidmann.

Was hat er gesagt?

Neumann.

Sie weeren ein —

Baron Weidmann.

Nun?

Neumann.

Sie weeren ä Hibbobodamus! (Schlägt sich auf den Mund und spricht dann ganz schnell.) Awer ä bischen heeflich sollt' ich's sagen, Herr Baron.

Baron Weidmann

(faltet die Hände und spricht mit weicher Stimme).

Ein Hippopotamus! — So nannte er mich immer in seiner zärtlichsten Stimmung! — Herr Neumann, sagen Sie ihm, der Hippopotamus freue sich, auch ohne Visitenkarte wiedererkannt worden zu sein.

Neumann (spricht gegen die Thür).

Der Hibbobodamms freit sich goloffal, daß Sie'n oodh ohne Fifiddengarde wiederergannt hamm.

Vierte Scene.

Die Vorigen. Manfred (reißt die Thür auf und ruft).

Manfred.

Diesen Gruß kann mir nur ein Mensch entbieten — (Er stürzt Baron Weidmann in die Arme.) Weidmann, geliebter Dickhäuter, gieb mir dein Vorderpfötchen! (Sie schütteln sich die Hände.) Aber, Alterchen, ich hätte eher vermuthet, daß du augenblicklich vor dem Kaiser von China banchrutschtest oder mit einem Eskimoprinzen auf die Eisbärjagd zögest, als daß du hier zwischen meinen vier Pfählen anticham brirtest.

Baron Weidmann.

Bist du so vergeßlich geworden? Du schriebst mir doch, ich sollte kommen.

25

Manfred.

Ich schrieb dir in Konjunktiven: Ich wünschte, ich möchte, ich hätte dich hier.

Baron Weidmann.

Seit wann bist du unter die Flausenmacher gegangen, daß du wie ein Diplomat, wie ein vorsichtiger Zeitungs-schmierer in Konjunktiven sprichst? Willst du mich nicht? Dann kann ich ja mit dem nächsten Zuge wieder ab-dampfen.

Manfred.

Ich wünschte dich zur Stunde der Entscheidung hier; das ist wahr. Aber wie konnte ich erwarten? warst du doch vor einem Vierteljahr beinah mein Gegenfüßler.

Baron Weidmann.

Bah! Du thust wahrhaftig, als wäre ich auf dem Saturn gewesen. Die paar Meridiane sind bald über-klettert. Dein voriger Brief erreichte mich in San Fran-cisco; sofort wußte ich, was ich zu thun hatte.

Manfred.

Aber du wirst mir doch erlauben, daß ich freudig erstaunt bin?

Baron Weidmann.

Mann, bist du denn so sehr Egoist geworden? Eine Untugend, die ich früher nicht an dir bemerkt habe.

Manfred.

Egoist?

Baron Weidmann.

Du wolltest die größte wissenschaftliche That der Neuzeit für dich allein ausfechten?! Die Freundschaft sollte keinen Mitgenuß daran haben?!

Manfred.

Jedem anderen würde ich diese Worte als Schmeichelei auslegen.

Baron Weidmann.

Nein, Freund, das wäre wirklich ein Irrthum. Eher lernte ich, wie du vorhin freundlich andeutetest, das Bauchrutschen, als daß ich mit dem Munde schmeicheln lernte. (Neumann hat unterdeß den Kaffee aufgetragen. Manfred setzt sich an den Kaffeetisch.) Freund, zwischen uns braucht es keines Schleierchens, keiner Phrase. Du weißt, was du bist und thust, und ich weiß es auch. Du führst der Welt eine neue Denkweise vor, du erinnerst sie nebenbei an Tausende von Dingen, die frühere Kulturvölker und andere Jahrhunderte gedacht und gefühlt haben, und die der Welt wieder aus dem Gedächtniß gekommen sind. Du schlägst den Worten und der Wortweisheit ein Schnippchen, und führst den Geist den Sachen selbst um ein beträchtliches Theil näher. Die Philister erschrecken, daß sie etwas Neues lernen sollen, die Autoritäten zittern, daß sie von ihrem Thrönchen heruntergestürzt werden könnten, der Staub der Perrücken wirbelt auf, meterhoch.

Manfred.

Ich wage es nicht, zu widersprechen. A propos Staub der Perrücken! Mir wird es trotz Kaffee ganz trocken im Halse, und du brauchst auch eine Stärkung. Neumann! (Er zieht seine Brieftasche aus dem Rocke und spricht in feierlichem Tone.) Verehrte Anwesende, ein feierlicher Moment ist herangekommen. (Er zieht einen Kassenschein aus der Brieftasche.) Sehen Sie dieses Papierchen! Große Geister nennen es einen Dünger, an und für sich nichts werth, aber gut und fruchtbar, wenn er ausgestreut wird; gemeine Sterbliche nennen es einen Hundertmarkschein. Verehrte Freunde, es ist der letzte! (Er wischt sich eine fingirte Thräne.) Neumann, Mann meiner Seele, geh' und hole drüben aus dem Weinrestaurant ein Fäßchen Kaviar und zwei Flaschen Sekt. (Neumann nimmt den Schein und will abgehen.) Halt, Neumann, vorher begieb dich zu Professor Henzi und frage ihn, ob ich meine Rede morgen in der Aula oder im Saale der Harmonie zu halten habe. (Neumann ab.) Du weißt doch, Weidmann, daß heute Abend die große Wanderversammlung der Denker-Haute-rolée en gros und en détail hier zusammentritt. Morgen früh hält Professor Wendelmuth die Hauptrede vor Herren und Damen im Theater, übermorgen habe ich die Ehre, der Versammlung im engeren Kreise meine neue Theorie vortragen zu dürfen.

Baron Weidmann.

Ich weiß, du sollst den Gaul deiner Theorie hohe Schule reiten. Als du vorhin Silentium! riefest, warst du ja noch mit der Dressur beschäftigt. Es ist besser, ich entferne mich jetzt und lasse dich mit deinen Gedanken allein.

Manfred.

Weidmann, wo denkst du hin! Meine Sache habe
ich hier und hier. (Er zeigt auf Herz und Kopf.) Es ist nur
die liebe Gewohnheit, daß man meint, sich bis zum
letzten Augenblicke vorbereiten zu müssen. Weidmann,
kein besseres Präpariren als ein Stündchen plaudern mit
dir. Die alten Zeiten werden wieder lebendig. Du
weißt, daß ich nicht alle Tage kostspielige Fischeier schlam-
pampe. Und Sekt? Ich glaube, seit einem halben Jahre
habe ich keinen Tropfen über die Lippen gebracht. Und
den ich damals trank, den brauchte ich nicht aus eigener
Tasche zu bezahlen. Denn ich bin ein Geizhals geworden
den Weinhändlern gegenüber, wie ich den Buchhändlern
gegenüber immer mehr zum Verschwender werde. Aber
heute? Du besinnst dich, weshalb Kaviar dabei sein
muß?

Baron Weidmann.

Und ob ich mich besinne. Wonneschmerzliche Stu
deutentage, wenn der letzte des Monats mit tragischem
Schritte herannahte, wenn wir uns alle gegenseitig an
und ausgepumpt hatten, wenn keiner mehr einen rothen
Pfennig in der Tasche hatte, dann hieß es regelmäßig:
der große Moment ist gekommen, Champagner her und
Kaviar, Kaviar für's Volk! Alles auf Kredit. So spielten
wir auf dem pekuniären Nullpunkte die Lucülle, der Welt
der Philister und dem tückischen Schicksale zum Trotze.

Manfred.

Heute zwar nicht auf Kredit, aber dem Nullpunkte
in ähnlich gefährlicher Nähe. Es ist der letzte Hundert

markschein, den der Onkel herausrückt! (Es reißt in di Klingel.) Entschuldige, ich muß meinen eigenen Portier spielen. (Er geht durch die Hinterthür ab.)

Fünfte Scene.

Baron Weidmann. Dr. Müller kommt athemlos hereingestürzt, läuft, ohne Weidmann zu grüßen, nach rechts an das Fenster, breitet die Vorhänge zurück und blickt erregt auf die Straße. Manfred tritt nach ihm ein.

Baron Weidmann.

Sucht der auch die Wahrheit? Hat's eilig, wie's scheint.

Manfred (in ruhigem Tone).

Lieber Müller, guten Morgen auch. (Zu Weidmann.) Es ist ja unser alter Schulfreund Müller, entsinnst du dich nicht? Genannt der seelige Müller, weil er immer in höheren Regionen schwebte.

Baron Weidmann.

Ach der. Heute aber däucht mich, guckt er nicht nach den Sternen. Er scheint Interesse für euer neues Straßenpflaster zu entwickeln. (Zu Dr. Müller.) Müller, altes Haus, der Kaiser von China läßt Sie grüßen!

Müller (spricht träumerisch und abwesend).

Danke, grüßen Sie ihn herzlich wieder!

Manfred.

Er wandelt noch immer in den Gefilden der Seeligen!

Müller
(stürzt auf Manfred zu und drückt ihm die Hand).

Manfred, heißen Dank!

Manfred.

Aber, lieber Müller, erhole dich nur, du bist ja noch ganz außer Athem. Und wofür dankst du mir denn?

Müller.

Manfred, du wohnst Neue Taubenstraße 17.

Manfred.

Zwei Treppen, es trifft zu.

Müller.

Du wohnst mit i h r in denselben Mauern, du athmest mit i h r dieselbe Luft!

Baron Weidmann.

Mit i h r? Müller, keine Verleumdung!

Müller
(bemerkt jetzt erst den Baron und hält ihm die Hand hin).

Ah! Weidmann! *(Zu Manfred.)* Kann der Baron schweigen?

Manfred.

Wie eine Cheops-Pyramide.

Müller.

Ich habe s i e gesehen! Erst auf der Treppe, dann vom Fenster. Freund, mein Herz ist übervoll!

Manfred.

Aber, lieber Müller, von wem sprichst du denn?

Müller.

Na, von wem denn anders als von dem Stern der Neuen Taubenstraße Nr. 17, von Fräulein Ernestine Schiefberk, die mir früher vier Jahre lang gegenüber wohnte! Der Hut mit den grünen Bändern steht ihr übrigens reizend.

Manfred.

Ach, das Geheimerathstöchterlein!

Müller.

Siehst du, Manfred, erst habe ich das Glück, ihr auf der Treppe zu begegnen: ihr Gesicht in schiefer Projektion von u n t e n. Sie geht an mir vorüber, ich ziehe den Hut: ihr Gesicht in h o r i z o n t a l e r Parallelprojektion. Ich am Fenster, sie auf der Straße: ihr Gesicht in schiefer Projektion von o b e n.

Baron Weidmann.

Projektiren Sie etwas auf diese Projektion?

Manfred.

Du kennst das Fräulein von früher?

Müller.

Ob ich sie kenne. Morgen ist Wanderversammlung. (Er zeigt auf seine Brust.) Hier mein Festzeichen. Denkst du, ich hätte die weite Reise von Leisnig hierher bloß wegen ein Paar dummen Reden — ach, Pardon, Manfred! ich glaube, du hältst ja wohl auch eine — unternommen? Mich treiben stärkere Federn.

Baron Weidmann.

Nun, und was sagte die Triebfeder?

Müller.

Was sie sagte? Aber ich werde doch eine Dame, die ich seit sechs Jahren nur von Weitem gesehen habe, der ich noch gar nicht vorgestellt bin, nicht auf der Treppe anreden. Soviel gesellschaftlichen Takt haben wir in Leisnig auch noch. Manfred, du wohnst wahrhaft himmlisch! Diese Aussicht! Dieser Blick!

Manfred.

Laß dich nicht stören, lieber Müller, wenn dich der Blick fesselt.

Müller (setzt sich an's Fenster).

(für sich.) Sie muß doch einmal wiederkommen. Es ist besser, ich bleibe in der Nähe des Fensters. (Laut.) Manfred, deine wissenschaftlichen Thaten interessiren mich nebenbeigesagt im höchsten Grade. Dein neues Werk: „Moderne Fahrten"

Manfred (verbessert).

Bitte — —: „Neue Bahnen"!

Baron Weidmann.

Ihnen liegt gewiß die Eisenbahnfahrt von Leisnig noch in den Gliedern.

3

Müller.

Erlaubt einen Augenblick. (Er öffnet das Fenster und sieht hinaus.)

Baron Weidmann.

Überlassen wir den wieder seiner Seeligkeit und reden von irdischen Dingen weiter. — Der Mammon war das Letzte, was uns beschäftigte. Dein Onkel also —

Manfred.

Onkel Woldemar, der Hofapotheker in Neu-Ruppin —

Baron Weidmann.

Derselbe, der dich an jedem ersten des Monats mit einem leidlichen Wechsel versorgte —

Manfred.

Und der mir in jedem Briefe wiederholte: „Manfred, was du treibst, ist brotlose Kunst." Denn nach seinen Anschauungen giebt es nur eine Wissenschaft, das ist die Naturwissenschaft; und in der Naturwissenschaft nur einen Gipfelpunkt: das ist die Heilmittellehre; und in der Heilmittellehre nur eine menschenwürdige Beschäftigung, das ist die des Apothekers. Trotz dieser Anschauungen hat dieser edelste aller edeln Fanatiker der Apothekerkunst meinen Bestrebungen fünfzigtausend Mark geopfert, und ich bin ihm herzlich dankbar dafür. Ich konnte mir Bücher über Bücher anschaffen, ich konnte studiren wie und wo ich wollte, ich konnte mein Werk in Muße schreiben und auf eigene Kosten drucken lassen, Aber eine Bedingung knüpfte sich daran. Ist die Wirkung meiner Idee keine ganz angenfällige, keine, die im Nu durchschlägt, so wird kein Pfennig weiter herausgerückt, so löst Manfred Roemer stehenden Fußes ein Billet nach Neu-Ruppin und tritt als Provisor in die Hofapotheke.

Baron Weidmann.

Brrr!

Manfred.

Es ist immer noch menschlicher als von Haifischen oder Leoparden aufgespeist zu werden, eine Gefahr, der du dich leichtsinnigerweise wiederholt ausgesetzt hast.

Baron Weidmann.

Manfred, ernsthaft gesprochen, du wirst nicht deine Kraft, dein Wissen in Neu-Ruppin begraben, deine Errungenschaften schnöde im Stiche lassen, wenn der erste Erfolg wider dich ist. Meine Kasse ist dein. Wieviel brauchst du?

Manfred (schroff).

Lieber Baron, gleichfalls ernsthaft gesprochen, sehr ernsthaft: Ich habe es meinem Onkel zugesagt, es ist ein Pakt zwischen uns. Ein Ehrenmann hält, was er verspricht. Und wieder mit fremdem Gelde? von der Großmuth des Freundes weiterleben und schaffen? Nein, Weidmann, kein Wort mehr!

Baron Weidmann.

Nun, der Fall Neu-Ruppin wird ja wohl schwerlich überhaupt in Frage kommen. — Gehst du denn aber auch ohne alles Zittern und Zagen übermorgen in's Gefecht?

Manfred.

Sei ruhig, ich bin gestählt und gepanzert, habe mir im Laufe der Zeit etwas von deiner unempfindlichen Dickhäuternatur zugelegt. (Nachdenklich.) Und doch, Eines giebt's, wovor mir bange ist — zwei schöne Mädchen= augen! Weidmann, wenn ich diese Sterne zu früh funkeln sehe, wenn mir diese Augen übermorgen bei der Fest= rede zublitzen, ehe ich in's rechte Fahrwasser gekommen bin, ehe ich die allererste Beklommenheit überwunden habe, dann kann's bös werden.

Baron Weidmann (zeigt auf Müller).

So bös wie bei dem da?

Manfred.

Weidmann, du hast Recht. Die schönen Augen sollen mich nicht unterkriegen! Ich habe mich wieder.

Müller.

Mein Freund, darf ich dir im Vertrauen mittheilen, was mir das Interessanteste an deiner hochinteressanten wissenschaftlichen That ist?

Baron Weidmann (halb für sich).

Der Mann hätte doch noch einen anderen Gedanken?

Manfred.

Nun, bitte, rede offen.

Müller.

Offengestanden, dein Zwiespalt mit dem Geheime= rath Schiesberk. (Er blickt mit erneuter Aufmerksamkeit durch's

Fenster und verfolgt auch die nächsten Vorgänge nur mit geringstem Interesse.)

Baron Weidmann.

Ah, der Kreislauf des Gedankens ist wieder am Ausgangspunkte angelangt. Es ist doch bloß ein und derselbe.

Sechste Scene.

Die Vorigen. Neumann tritt ein, in den Händen ein Fäßchen Kaviar, Teller und sonstiges Eßzubehör, unter jedem Arme eine eingewickelte Flasche Champagner.

Neumann.

Hurrah! Hurrah!

Manfred.

Aber, Mensch, was hast du denn?

Neumann.

Hurrah! Hurrah!

Manfred.

Warst du bei Professor Henzi, Neumann?

Neumann.

Sie halten weder in der Aula, noch in Harmonie saale äune Rede! Hurrah! Hurrah!

Manfred.

Und darüber freust du dich, Unmensch?

Neumann.

Hurrah! Hurrah! Der Wendelmuth is krank geworden!

Manfred.

Und seit wann spielt Neumann den Schadenfrohen?

Neumann.

Das heeßt, heeßt das, unbäßlich, bloß unbäßlich — un mir missen de Rede halden! Professer Henzi läßt Sie bidden, statts iewermorgen in der Aula, morgen in Dheater de Rede ze reden. (Er hat die Geräthschaften auf den Tisch gestellt und zieht aus den Taschen eingewickelte Champagnergläser hervor.)

Baron Weidmann

hat unterdessen eine Flasche geöffnet und schenkt vier Gläser voll. Manfred und Weidmann ergreifen die Gläser, Neumann auf einen Wink das dritte).

Verehrte Festgenossen! — — Müller, verlassen Sie Ihr wissenschaftliches Observatorium für einige Augenblicke; Sie hören, unser Freund Manfred wird morgen im Theater gefeiert werden.

Müller

(fahrt aus seinen Träumen auf und ergreift auch ein Glas).

Was? Auch das noch! Bist du aber produktiv! Ist es ein Lustspiel oder ein Trauerspiel?

Manfred und Baron Weidmann lachen auf, Neumann geht wüthend auf Müller los.)

Neumann.

Mein Herr, nennen Sie das Reichbeft vor der Wissenschaft?!

36

Baron Weidmann.

Der Kerl ist einzig!

Manfred (tritt gegen das Fenster).

Müller, ist das nicht der Hut mit grünen Bändern?

Müller

(wirft einen Blick durch's Fenster, setzt das Champagnerglas aus der Hand und springt mit langen Sätzen zur Thür hinaus. Gleich darauf erscheint er mit halbem Leibe wieder in der offenen Thüre und ruft herein).

Manfred, sei nochmals versichert, daß ich an allen deinen wissenschaftlichen Bestrebungen den wärmsten Antheil nehme!

(Während dieser Worte fällt der Vorhang.

Zweiter Akt.

Theaterfoyer, geschmückt mit Kränzen, Blumengewinden und bunten Schleifen. Dazwischen Schilder mit den Aufschriften: Plus ultra! Vivat Academia! Sapere aude! Ab ovo! Viribus unitis! Gaudeamus! Augebitur Scientia! Sursum corda! Mens agitat molem! Salus intrantibus! Noli turbare! Introite nam et hic dii sunt! Carpe diem! Ingnorabimus! Habent sua fata libelli! Vincit veritas! Odi profanum vulgus! Docendo discimus! Rechts die Garderobe für Mittelbalkon. Tagesbeleuchtung.

- -

Erste Scene.

Logenschließer Schmidt steht in der Nähe der Garderobe. Die Garderobiere ist nur zuweilen im Garderoberaume sichtbar. Runkofski kommt mit einem Regenschirm, ein Paar Gummischuhen, einem Rückenkissen und einem Luftkissen bepackt.

Runkofski (rauh und unwirsch).

Moj'n, Schmidt!

Schmidt.

Herr Runkofski, ich glaube, das ist das erste Mal im Leben, daß wir uns Guten Morgen sagen.

Runkofski.

Allerdings. Zu gewöhnlichen Zeiten kommt unser-eins nur Abends in diese Satansbude.

Schmidt.

Sie scheinen nicht gerade in bester Laune, und ich dächte doch, Sie müßten heute, am Ehrentage der Wissen-schaft, in gehobener Stimmung sein. Sie, als rechte Hand des Geheimeraths Schiefberk!

Runkofski.

Schmidt, ist der Mensch, der Festredner, schon da?

Schmidt.

Ich weiß nicht; Herr Manfred Roemer wird wohl durch den Schauspielereingang in's Theater kommen.

Runkofski.

Dann ist die Rednertribüne wohl auf der Bühne aufgestellt?

Schmidt.

Natürlich. Wo sonst? So ist es bei jeder großen Wanderversammlung gewesen. Hinten der Zeustempel, drei Meter Abstand nach vorn die Rednertribüne, rechts und links Oleander und Lorbeerbäume.

Runkofski.

Für so einen wären Haselnußsträucher und Weiden-ruthen viel mehr am Platze. Hintergrund Urwald mit

Klapperschlangen. -- Ich sage Ihnen, Schmidt, wir sind
wüthend. Das natürlich unter uns gesagt, Schmidt. Denn
gegenüber dem „profanum fulgus", gegenüber der „mi-
sera plebs" lassen wir uns selbstverständlich nichts merken,
weder ich noch mein Geheimerath. — Hier zunächst die
Gummischuhe und der Regenschirm.

Schmidt

'nimmt Schuhe und Schirm und reicht sie in die Garderobe).

Schön, Herr Runkofski.

Runkofski.

Es ist zwar augenblicklich ganz trockener Fußboden
und heller Sonnenschein, aber besser ist besser.

Schmidt.

Der Herr Geheimerath sind ein Mann der Wissenschaft und als solcher vorsichtig.

Runkofski.

Schmidt, Sie kennen meinen Geheimerath. Wissen
Sie auch, wer die drei größten Redner der Welt sind?
— Zuerst Demosthenes, dann —

Schmidt (fällt ihm in's Wort).

Cicero und gleich auf den Hacken hinterher Ihr Geheimerath Schiefbert. Sie haben mir's schon ein Paar
Mal anvertraut.

Runkofski.

Der erste Redner der Jetztzeit!

Schmidt.

Ohne Zweifel. Ich sage Ihnen, Runkofski, wenn er zu mir spricht — nicht allemal, aber doch manchmal: „Schmidt, hier haben Sie zehn Pfennige Trinkgeld!" — auf dem Schnürboden oben könnten's die Mäuse verstehen, wenn sie wüßten, was ein Zehnpfenniger ist.

Runkofski (übergiebt Schmidt das Rückenkissen).

Das Rückenkissen legen Sie wohl immer auf seinen gewöhnlichen Abonnementsplatz.

Schmidt.

Soll dann gleich geschehen.

Runkofski (fängt an, das Luftkissen aufzublasen).

Nun sehen Sie also, Schmidt, mein Geheimerath ist wüthend, daß dieser Mensch, der Manfred Roemer, die heutige Hauptrede halten soll. Dieser Roemer! ein „homo nosus!" ein Mensch ohne jede höhere Lebensstellung! Nicht einmal ein lumpiger Doktor ist der Kerl! Und hier im Theater! Vor dreitausend Zuhörern!

Zweite Scene.

Die Vorigen. Neumann ist unterdessen eingetreten und hat das Foyer durchschritten. Er trägt den Ueberzieher und den Cylinderhut seines Herrn in der Hand.

Neumann.

Sie entscholdg'en, sin Sie der Loschenschließer fer Middelbalgong?

41

Schmidt (nicht zustimmend).

Neumann.

Hier sin de Sachen von Herrn Manfred Reemer, der de hernachens de Festrede hält. Herr Reemer wärd de zweede Rede, die von den Frankforder Professer, von Nommer suffzen in Middelbalgong anheeren un läßt Sie bidden, derweile ä bischen uf seine Sachen Achtchen ze gewen. (Er übergiebt die Sachen.)

Runkofski.

Wie gesagt, Schmidt, so eine Festrede zu halten, ist doch nur ein Mann wirklich fähig. (Er bläst in das Luftkissen.) Und das sind wir. Das ist mein Professor, mein Geheimerath. (Er bläst wieder in das Luftkissen.)

Neumann

beobachtet Runkofski in seiner Beschäftigung.

Ä bischen ufgeblasener gennde gar nischt schaden.

Runkofski.

Was? Wer? Meinen Sie — —?

Neumann.

Nadierlich, 's Luftgissen.

Runkofski.

Herr, ich dachte schon — —

Neumann.

Denken soll manchmal eißerscht gefährlich sin. Besonderich in Gelehrdenkreisen.

Runkofski.

Mein Name ist Runkofski, Kammerdiener des Herrn Geheimerath Professor Dr. Schiefberk. Ich rufe Ihnen das in's Gedächtniß zurück, damit Sie sich vor weiteren unvorsichtigen Aussprüchen etwas in Acht nehmen.

Neumann.

Mei Name is Borvirion Neimann, Schdiefelwichser bei Herrn Manfred Reemer. Ich mache Sie daruf ufmerksam, um damit Sie erfahren, daß ich gans in derselwigden Weise wie Sie (er macht die Bewegung des Stiefelwichsens) fier den Glans der Wissenschaft Sorge trage.

Runkofski.

(Leise.) Unangenehmer Patron! (Laut.) Im Vertrauen gesagt, Herr Neumann, wenn Ihr Herr avanciren will, soll er sich nur ein bischen in Acht nehmen. Ich wollte eben meinem Freunde Schmidt hier erzählen, was der Herr Geheimerath heute früh über Herrn Roemer zu äußern geruhten. „Quousquam tante, Catilinia?!" rief er aus —

Schmidt.

Wie hat er gerufen?

Runkofski.

Das ist Lateinisch, Schmidt, wie diese Schilder hier. Das sind die Worte, die Cäsar dem seeligen Sokrates zurief, als, als

Neumann.

Als en Alexander der Große bei der Bildseile der schcenen Melusine den Refolfer zwischen de Ribben setzde. 'S is mer, als weere ich selwer derbeigewesen.

Schmidt.

Nein, was die Herren gelehrt sind!

Runkofski.

Sie machen sich eines starken Anachrontismusses schuldig, mein Herr. Der Revolver war damals noch nicht erfunden. Es war ein Dolch: „Pugio, Pugionis" dritte Deklination Masculinis Generis, „der Dolch".

Neumann.

Richdig, richdig, Herr Runkofski. Awer ich dachde, weil Sie solchen Spaß machden, geem's uf ä bischen mehr oder weniger Qnatsch nich an.

Runkofski (halblaut).

Impertinenter Geselle!

— — — — — —

Dritte Scene.

Die Vorigen. Schmidt und Runkofski in leisem Gespräche. Müller tritt langsam auf, sieht sich behutsam nach allen Seiten um und giebt die Garderobe ab.

Neumann

(tritt nahe an Müller heran und flüstert geheimnißvoll).

Se is noch nich da!

Müller.

Freund, Sie lesen in meiner Seele! Ich danke Ihnen!
(Er zieht das Portemonnaie und sucht darin herum).

Neumann.

O bidde, bidde, Herr Dokder. Die Mitdheilungk war
prifadissime, awer unentgeltlich.

Vierte Scene.

Die Vorigen. Neumann geht wartend auf und ab. Müller wartet
und sucht. Grünwieser und Enge treten auf. Beide, sowie alle
übrigen Festtheilnehmer sind mit bunten Festzeichen geschmückt.

Grünwieser.

Aktuell sein, das ist die Hauptsache! Enge, wir
müssen den anderen zuvorkommen. Der Bericht unseres
„Tagesboten" muß den Konkurrenz=Zeitungen den Rang
ablaufen. Begeben Sie sich immer auf Ihren Posten,
Enge!

Enge.

Aber Herr Grünwieser, es ist noch vollauf Zeit, ehe
die Vorlesung beginnt. Ich glaube, es sind kaum einige
Dutzend Menschen bis jetzt im Zuschauerraume.

Grünwieser.

Enge, ich hoffe, daß Sie nicht so plump sind, bloß
den Inhalt der Rede wiederzugeben. Das ist für unsere
Leser, das ist für die Leser aller Zeitungen der Welt

Nebensache. Vor allem wollen sich die Zuhörer selbst
geschildert lesen. Schreiben Sie zunächst über den feier-
lichen Eindruck der Versammlung, über die erlauchten
Gäste von Fern und Nah, über die Koryphäen unserer
hiesigen Alma Mater.

Enge.

Ich kenne Ihren Geschmack, Herr Grünwieser. Das
alles hätte ich glücklich fertig. (Er zieht ein Heft halb aus der
Brusttasche hervor). Hier ist das Manuskript.

Grünwieser.

Gut. Vortrefflich. Aber immer hinein! So haben
Sie Zeit, noch etwas über die Toiletten der Damen, über
die Orden der Herren zu schreiben. Beobachten Sie und
lassen Sie den Stift fliegen! Um elf Uhr beginnt die
Vorlesung, spätestens halb Zwölf Uhr muß der Vorbericht
in der Druckerei sein.

Enge.

Aber die Vorlesung kann unmöglich vor dreiviertel
Zwölf zu Ende sein.

Grünwieser.

Ganz gleichgültig. Um halb Zwölf Uhr in die
Druckerei! Wir müssen aktuell sein! wir müssen! Fort,
Enge, auf Ihren Posten!

(Enge ab.)

Neumann und Müller wandeln auf und ab.)

.

Neumann (im Vorbeigehn leise zu Müller).

'S wärd er doch nich was derzwischen jegomm' sin!

Müller.

Das wollte ich eben sagen.

Fünfte Scene.

Die Vorigen. Baron Weidmann tritt auf. Im Laufe dieser und
der nächsten Scene kommen Herren und Damen, alle mit Festzeichen.
Einige geben die Garderobe rechts ab, andere überschreiten die Bühne,
wieder andere gehen im Hintergrunde plaudernd auf und ab oder bilden
kleine Gruppen.

Grünwieser (eilt dem Baron entgegen).

Ah, der Herr Baron!

Baron Weidmann (will an ihm vorüber).

Habe die Ehre.

Grünwieser (vertritt ihm den Weg).

Ich hatte gestern Abend das Vergnügen, mit dem
Herrn Baron an einem Tische zu sitzen. Der Herr
Baron sind ein weitgereister Mann, ein gelehrter Herr.
Würden der Herr Baron sich nicht entschließen können,
ein Buch für meinen Verlag zu schreiben?

Baron Weidmann.

Sehr verbunden für die gute Meinung, aber muß
das gleich sein? Darf ich nicht vielleicht erst Hut und
Rock ablegen?

Grünwieſer.

Der Herr Baron belieben zu ſcherzen. Ha ha ha! (Für ſich.) Er iſt guter Laune, ich werde reüſſiren.

Baron Weidmann

(übergiebt Rock und Hut dem Logenſchließer und ſpricht unterdeſſen zu Neumann, der ihm artig grüßend näher getreten iſt).

Ah, da iſt unſer getreuer Porphyrion! Iſt Ihr Herr ſchon da, Porphyrion? Und alles in Ordnung?

Neumann.

Alles in ſcheensder Ordnungk! Herr Baron, 's wärd ä Bombenſieg! Unſere Idee muß dorchſchlagen!

(Das folgende Geſpräch halblaut.)

Baron Weidmann.

Porphyrion, ich weiß, ich weiß. Aber Sie haben jetzt keine Zeit zu ſchwärmen. Sagen Sie mir Eins. Kennen Sie Fräulein Julia Engel? — Weshalb werden Sie roth? Die Sache geht Sie ja gar nichts an. Ich frage nur, ob Sie die Dame kennen.

Neumann.

Na, un ob, Herr Baron. Wer ſollde Freilein Julie nich gennen?

Baron Weidmann.

Beſchreiben Sie mir die junge Dame. Kurz, aber deutlich.

Neumann.

Langk, ſchlank, das heeßt nich zu ſchlank, nich etwa was mer ä Plattbret nennt.

Baron Weidmann.

Das kann auf Tausend passen. Zu allgemein. Haar? Augen?

Neumann.

Oogen? Herr Baron, eemal hat se mich angeguft, das war wie ich ihr das Veilchenbouqet ze iewerbring' hadde. Ich sage Sie: dorch un dorch, dorch un dorch! Das heeßt nich etwa schmerzhaft, angenehm dorch un dorch.

Baron Weidmann.

Äußere Kennzeichen?

Neumann.

Sie meenen Lewerflecke, Sommerschbrossen un so weider? Ja, das muß ich mir erscht ämal iewerlegen. Halt, ich hawwe's. So ofde als wie ich se gesehen hawwe: änne gelwe Rose in Knopploche.

Baron Weidmann.

Im Knopfloche?

Neumann.

Das heeßt so, wissen Se, hier. Ich verschdehe mich nich recht uf de Gunstausdricke der Damenwoaledde. Awer hier, wo bei unsereenen der owerschde Westenknopp sitzt, da hat Freilein Engel immer eegal änne gelwe Rose.

Baron Weidmann.

Nun, das muß genügen. Gelbe Rose und Bohrblicke, angenehme Bohrblicke! — Sie besitzt ein Rittergut?

Neumann.

Un was fer eens! Hamm der Herr Baron sonst noch ewas ze befehlen?

Baron Weidmann.

Schweig' über meine Frage. Bleib', wie du bist, mein Junge. Und grüße deinen Meister!

(Neumann ab.)

Grünwieser

(hat ungeduldig gewartet und stürzt sofort wieder auf den Baron los .

Wenn Sie sich also entschließen könnten, Herr Baron, mir Ihre hochinteressanten Erlebnisse in Verlag zu geben, so würde das für meine Firma eine hohe Ehre sein. Über das Geschäftliche könnten wir uns schnell einigen. Ich übernehme die Herstellungskosten und den Vertrieb. Für Papier, Satz, Druck, Anzeigen haben Sie nicht das Geringste zu zahlen.

Baron Weidmann
der von nun an alle Ankommenden mustert).

Auch nicht für den Buchbinder und für die Ver= sandtspesen?

Grünwieser.

Keinen Pfennig, Herr Baron. Sie haben, wie ge= sagt, gar keine Kosten. Und was übrig bleibt, den Gewinn, theilen wir uns. Als ehrlicher Mann sage ich Ihnen allerdings gleich von vornherein: es bleibt nichts übrig.

Baron Weidmann.

Sie sind wirklich zu gütig. Also nichts? Na, ich hätte ja auch weiter gar keine Auslagen als das bischen Tinte und Papier. Hm, wissen Sie was, Herr Grünwieser?

Grünwieser.

Herr Baron?

Baron Weidmann.

Da Sie einmal die Güte haben, die Herstellung zu übernehmen, machen Sie doch auch die Reise selber und schreiben Sie sich dann das Buch mit eigener Hand und ganz nach eigenem Geschmack. Das dürfte das Richtigste sein.

Grünwieser.

Ich verstehe Sie nicht, Herr Baron.

Baron Weidmann.

Ach, Herr, da sei'n Sie froh. Denn, wenn ich mich Ihnen verständlich machen wollte, wie Sie es verdienen —
(Pause).

Grünwieser.

Das war der Vordersatz, und der Nachsatz?

Baron Weidmann.

Den will ich Ihnen und mir schenken. — Guten Morgen! (Er wendet sich schnell ab, thut einige Schritte und giebt sich dann wieder seinen Beobachtungen hin.

Grünwieser (mit dummem Gesicht für sich).

Heller Kopp!

Müller.

Herr Baron, glauben Sie, daß meine Freundschaft zu Manfred Einfluß auf mein Verhältniß zu Fräulein Schiefberk haben könnte?

Baron Weidmann.

Ebensoviel oder so wenig, als eine Fliege die Umdrehungsgeschwindigkeit der Erde beeinflußt.

Müller (nachdenklich).

Eine Fliege? — (Plötzlich freudig. Ah, also keinen, also keinen? War es so gemeint? Baron, ich danke Ihnen.

Das Auf und Ab wird immer lebhafter. Die Bühne füllt und leert sich.)

Sechste Scene.

Die Vorigen. Kommerzienrath Dessauer mit seinen Töchtern, Natalie und Olga, tritt auf. In Ihrer Begleitung von Negele. Sonstige Herren und Damen.

von Negele.

Es ist zu charmant, wenn die Geister so ein bischen auf einander platzen. Denn das werden sie heute ordentlich.

Natalie.

Das finde ich auch. Zu charmant, Herr von Negele.

Olga.

Ach ja. Und beim Zuhören hat man immer das angenehme Gefühl, daß man etwas für die Wissenschaft thut.

Dessauer.

Ein Geschrei und ein Gewühl wie an der Börse. Aber welcher Unterschied, wenn man bedenkt, Herr von Negele, dort alles reelle, solide Werthe, drei, vier, fünf, sechs Nullen hintendran, und hier lauter imaginäre Größen.

von Negele.

Der heute spricht, das ist doch wohl derselbe, der vor acht Tagen das dicke Buch hat erscheinen lassen, worum soviel Gerede ist?

Dessauer.

Derselbe.

von Negele.

Soll ein bischen meschugge sein.

Dessauer.

Na ja, setzt Sie das in Verwunderung? (flüstert.) Wer sich der Wissenschaft ergiebt, muß der nicht von vornherein ein bischen meschugge sein? Aber ja nicht zu laut. (Sie gehen lachend weiter.

Siebente Scene.

Die Vorigen. Allgemeines Personendurcheinander. Ein Herr aus Mittweida tritt auf.

Der Herr aus Mittweida
zum Baron Weidmann.

Sie entschuldigen, wie heeßt denn das Stick eegent=
lich, was heide Vormiddag geschbielt wärd?

Baron Weidmann
(stutzt einen Augenblick, dann spricht er).

Wenn ich recht gehört habe: Die Komödie der
Wahrheit.

Der Herr aus Mittweida
(zum Logenschließer).

Sie, Pst! Gem Se mir ä Deytbuch un än Dheader=
zeddel!

Schmidt.

Was?!

Der Herr aus Mittweida.

Sie hamm wohl de Ohren in der Dasche? Ä Deyt=
buch un än Dheaderzeddel, sag' ich.

Schmidt.

Erlauben Sie, mein Herr, das ist jetzt keine Theater=
vorstellung, sondern ein Festaktus der Wanderversammlung
der Gelehrten.

Der Herr aus Mittweida.

Was fer Gelehrde?

Schmidt.

Na, wissen Se, die, die so driewer nachdenken un darnach in gewisse Abtheilungen zerfallen. Na, nu wird's Ihnen doch klar sein?

Der Herr aus Mittweida.

Sonnenklar. Na, wissen Se, lassen Se mir ä Billet besorgen. Ich bin nu eemal hierhergekommen aus Mitt-weide un da will ich ooch fer mei Geld was hamm. Finde ich mich unner ä Baar Dausend Kaddummustern zerechde, da werde ich's ja mit den Baar Gelehrden ooch noch ferdig kriegen. (Er unterhandelt leise mit dem Logenschließer und geht dann ärgerlich ab.)

Achte Scene.

Die Vorigen. Geheimeräthin Schiefberk und ihre Tochter Er-nestine treten auf. Müller, in angemessener Nähe, himmelnd, wird von Ernestine gar nicht bemerkt.

Geheimeräthin.

Runkofski, nehmen Sie uns die Mäntel ab.

Runkofski (thut es mit tiefer Verbeugung).

Gnädige Frau. Gnädiges Fräulein.

Baron Weidmann (für sich).

Das sind die Augen wieder nicht, die meinen Manfred und seinen Porphyrion durchbohrt haben.

Geheimeräthin.

Ist mein Gemahl, der Geheimerath, schon anwesend?

Runkofski.

Der Herr Geheimerath müssen jeden Augenblick eintreten.

Geheimeräthin (von hier an etwas leise).

Welche Nummern haben wir, Ernestine?

Ernestine.

Nummer Sieben und Acht, Mama.

Geheimeräthin.

Und der Doctor Schreyer?

Ernestine.

Nummer Siebzehn, Mama.

Geheimeräthin.

Kind, ich hoffe, daß deine Brillanten drinnen etwas
besser zur Geltung kommen als hier bei der öden Sonnen-
beleuchtung.

Ernestine.

Eine Unterhaltung über die Schulter, Mama, hat
oft etwas sehr Intimes. Er sitzt direkt hinter mir.

Geheimeräthin.

Besonders, wenn es etwas in's Ohr zu flüstern giebt. Du Schelm!

Dessauer.

Frau Geheimeräthin, es ist mir eine hohe Ehre, die Hauptvertreterin der Scientia begrüßen zu dürfen.

Geheimeräthin.

Ach ja, Herr Kommerzienrath, man opfert sich eben für die Wissenschaft. Meine Ernestine war heute Morgen so angegriffen, sage ich Ihnen, so angegriffen —

von Negele (leise zu Natalie und Olga).

Ich sah, wie sie gestern Abend hintereinander vier Portionen Hummermayonnaise vertilgte. (Sie kichern.)

Müller (für sich).

Verleumdung! Es war nur drei und eine halbe!

Ernestine.

Aber wer soll repräsentiren, wenn nicht Mama und ich es thun? Die Pflicht hält mich aufrecht, ich fühle mich schon besser.

Dessauer.

Der Hauch der Wissenschaft hat etwas Erhebendes und Belebendes. Das fühlt kein Mensch so prononcirt wie ich, der ich mich tagtäglich habe herumzuschlagen mit gemeinen Börsenwerthen.

Ernestine (leise).

Mama, dort kommt der Doctor!

Geheimeräthin.

Und ich glaube vom Treppenhause her die Stimme
Papa's zu vernehmen.

Beide Damen verabschieden sich durch kurze Verbeugung und gehen
nach hinten.)

Neunte Scene.

Die Vorigen. Geheimerath Schiefberk tritt auf im Gespräche mit
Professor Kerwel und Professor Henzi. Begrüßen rechts und links.

Henzi.

Ich sage Ihnen, meine Herren, ich habe Manfred
Roemer's Buch seit acht Tagen zu Hause. Man muß
näher hinsehen!

Schiefberk.

Gewiß, mein Herr Professor Henzi. Wozu haben
wir denn unseren verehrten Kollegen Kerwel? Kerwel,
es ist Ihr Fach. Sie müssen hinsehen! Sie sind der
Mann, der die geeigneten Sprachkenntnisse dafür hat.

Henzi.

Man muß näher hinsehen!

Kerwel.

Aber Verehrtester, die Hauptsache ist doch die Philo-
sophie, die in dem Werke enthalten ist. Das ist Ihr
Fach. Ich will Ihnen nicht vorgreifen, Herr Geheimerath. Sie haben das ausschlagende Urtheil zu geben.

Henzi.

Näher, näher muß hingeschaut werden!

Schiefberk.

Ich? Bei meiner beschränkten Zeit? Wo denken Sie hin, meine Herren! Uebrigens, sagt er denn nicht gleich in der Vorrede (oder habe ich das im „Tagesboten" gelesen?), daß die Naturwissenschaft der wesentliche Faktor seines Buches sei? Die Naturwissenschaftler müssen hinsehen, weder ich noch Sie. Ich dächte, wir stünden im Zuge. (Blickt ärgerlich um sich.)

Henzi.

Sehn Sie, daß ich Recht habe. Jetzt sagen Sie's selbst, es muß näher hingeschaut werden!

Schiefberk.

Uebrigens spaßhaft: der Mann will in allen Sätteln gerecht sein. Unsereiner ist froh, wenn er e i n e Sache versteht. Die heutige Wissenschaft kann nur Spezialgebiete dulden. Dieser Manfred — was für ein alberner Name nebenbeigesagt — weiß über Alles Bescheid.

Baron Weidmann.

Sie meinen, daß meinem Freunde Roemer die nöthige Beschränktheit abgehe, die viele Gelehrte der Neuzeit als das Ideal der Wissenschaft hinstellen?

Schiefberk.

Mein Herr, ich bin der Geheimerath Schiefberk.

Baron Weidmann.

Baron Weidmann.   Aber mir ist es, als hätte ich in der Schule gelernt: Universitas, die Gesammtheit.

Schiefberk.

(Leise.) Ein unangenehmer Mensch! (Laut.) Es zieht übrigens wirklich hier. (Er tritt von einem Bein auf das andere.)

Kerwel (leise).

Ich werde nicht recht klug aus ihm.

Henzi (zu Baron Weidmann).

Aber darin stimmen Sie doch mit mir überein: man muß näher hinschauen?!

Baron Weidmann.

Bitte, lassen Sie sich ja nicht abhalten.

Schiefberk.

Aber da kommen ja unsere lieben Freunde aus Berlin und Hamburg!

(Neue Gäste kommen. Allgemeines Händeschütteln.)

Stimmendurcheinander.

Gut bekommen gestern Abend? — Schwere Sitzung das. — Das Kulmbacher hinterher war von Ueberfluß. — Ich möchte am liebsten noch ein Nickerchen machen. — Herrlich gelungenes Fest! — Vortrefflich! — Ein Genuß jagt den anderen!

Kerwel.

Und da kommt mein alter Freund Schulze aus Wien! Schulze!

Henzi.

Schulze? Sehen Sie, das ist einer, der muß hin-sehen!!

Stimmengeflüster.

Still! — Seine Excellenz! — Der Herr Minister! — Der Vice-Kanzler! — Thum? — Ist es denn schon Elf Uhr?

(Hinter der Scene ein Glockensignal.

— — —

Zehnte Scene.

Die Vorigen. Graf von Thum tritt ein. Ihm zur Seite Professor Schrippe.

Schiefberk.

Excellenz, wir fühlen uns hochbeglückt, den berufensten Vertreter Seiner Majestät unseres allergnädigsten Königs und Herrn in unserer Mitte begrüßen zu dürfen. Seien Sie uns herzlich willkommen und nehmen Sie unseren tiefgefühltesten Dank, Excellenz.

Graf von Thum.

Ich danke Ihnen für die freundlichen Worte! Meine Herren, ich komme im Auftrage meines erhabenen Monarchen und übermittle der Versammlung dessen Grüße und Wünsche. Ich komme aber auch mit meinem Privatherzen, denn ich verspreche mir von Ihrem Festtage einen Genuß.

(Hinter der Scene ein zweites Glockensignal. Alles strömt in den Zuschauerraum. Die Bühne leert sich.)

Müller.

Baron, als ich ihr vorhin auf die Schleppe trat, hat sie mir einen Blick zugeworfen, ich sage Ihnen, einen Blick —!

Baron Weidmann.

Mir hat einmal eine Klapperschlange einen Blick zugeworfen, ich sage Ihnen, der war auch nicht von schlechten Eltern.

Müller.

Schlechten Eltern?! Geheimrath Schiefberk zählt seit zwanzig Jahren zu der Geistes-Crème der Gesellschaft! (Eilig ab in's Innere.) (Auch der Logenschließer und die Garderobiere treten durch eine Thür in den Innenraum des Theaters. Kurz darauf hört man ein dreimaliges Hoch.)

Baron Weidmann (allein).

Das Hoch auf den König. Und die gelbe Rose immer noch nicht da. (Er lauscht nach dem Zuschauerraum hin.) Allgemeine Stille. — Leise Bewegung im Auditorium. — Manfred schreitet auf die Rednertribüne zu. Ich sehe seine lange Gestalt, seine vornehmen blassen Züge vor mir. Muth, Muth, Freund! Und wenn die Welt voll Teufel wär'. Er verneigt sich. (Nach dem Eingang blickend.) Still, da kommt sie.

— — —

Elfte Scene.

Baron Weidmann. Julia betritt eiligen Schrittes das Foyer und geht auf den großen Spiegel zu, um die Toilette zu ordnen. Es entfällt ihr eine gelbe Rose.

Baron Weidmann
hebt die Rose auf und überreicht sie Julia).

Gnädiges Fräulein brauchen sich durchaus nicht zu beeilen. Gnädiges Fräulein kommen zum Unglücksfall immer noch früh genug.

Julia.

Mein Herr!? Und dabei lächeln Sie? Was soll das bedeuten? Ich komme, die Rede des Herrn Roemer zu hören.

Baron Weidmann.

Eben diesen Unglücksfall hatte ich im Sinne. (Er weist nach dem Inneren des Theaters.) Ein junger Adler ist dabei, sich die Schwingen zu versengen.

Julia.

Wissen Sie so genau, mein Herr, daß das geschehen wird? Manfred Roemer ist ein gewandter Redner und den Gegenstand, der sein Thema bildet, beherrscht er vollkommen.

Baron Weidmann.

Sie scheinen bereits gut über Roemer und seinen heutigen Gegenstand unterrichtet, Fräulein Julia Engel.

Julia.

Ich hatte bisher nicht die Ehre, Ihnen vorgestellt zu werden, mein Herr.

Baron Weidmann.

Baron Weidmann.

Julia.

Ihr Name, Herr Baron, ist mir nicht unbekannt. Seien Sie willkommen im deutschen Vaterlande! Aber warum denken Sie so pessimistisch über Herrn Roemer?

Baron Weidmann.

Mein Fräulein, mißverstehen wir uns nicht. Ich bezweifle eben so wenig wie Sie, daß er heute mit den Lorbeeren des Sieges bekrönt dieses Haus verlassen wird. Aber seine Ideen sind neu, sein Vortrag ist kühn. Von denen allen, die da drin sitzen, haben nicht Drei Hirne, die weit genug sind, seine Gedankenwelt aufzunehmen. Viele wird er heute durch seine Beredsamkeit gewinnen, manchen überzeugen. Der Beifall wird nicht ausbleiben. (Leiser Beifall hinter der Scene.) Aber, wenn sie nach Hause kommen, ja, noch ehe sie nach Hause kommen, noch ehe sie diesen Raum verlassen, werden sich diese Philister-seelen überlegen: Roemer ist zu kühn, seine Ideen bringen Schaden, seine Behauptungen sind noch nicht in allen Einzelstücken felsenfest erhärtet, er darf noch nicht Recht haben. Schon morgen früh werden die Dinge anders liegen. Manfred überschätzt nicht seine Idee, aber sein Publikum. Er setzt sich einer argen Täuschung aus; und das ist es, was ich fürchte. Durchschlagen wird seine Idee, aber heute und morgen noch nicht.

Julia.

Sie kennen Herrn Roemer genauer. Das interessirt mich. Das heißt —

Baron Weidmann.

Seinetwegen sehen Sie mich hier. Nur seinetwegen.

Julia.

Und ich halte Sie mit meinem Geplauder auf, Herr Baron.

Baron Weidmann.

Ich habe augenblicklich eine höhere Mission zu er-
füllen.

Julia.

Sie sind Gelehrter, Herr Baron?

Baron Weidmann.

Gnädiges Fräulein, ich danke für das gute Zutrauen.
Aber ich bin Baron, nur Baron. Dieses Wörtchen in
Verbindung mit dem Besitze einer halben Million — das
genügt mir vollauf für das bischen Menschenleben.

Julia.

Herr Baron, Ihre Offenheit verblüfft mich.

Baron Weidmann.

Ich wollte Ihnen nur so kurz als möglich erklären,
weshalb ich es nicht nöthig habe, den Gelehrten zu spielen.
Und ich glaube, Sie haben mich verstanden. Ich schaue
mir die Welt an, ich weide mich an ihrer Schönheit, ich
schaue mir die Menschen an und weide mich an ihrer
Vortrefflichkeit, und — was bei Weitem den größten
Theil ausmacht —: amüsire mich über ihre Schwächen.

Julia.

Sonderbar, und als dieser ernsthafte Roemer am
wissenschaftlichen Wendepunkte seines Lebens angelangt
ist, verschreibt er sich vom anderen Ende der Welt einen
Mann, dessen Hauptbeschäftigung es ist, sich zu amü-
siren?! Ihre Bekanntschaft scheint nicht von gestern.
Und Sie hätten diese Denkerseele im Strudel der Gesellschaft gefunden?

Baron Weidmann.

Unsere Bekanntschaft datirt allerdings etwas weiter zurück. Und in einem Strudel haben wir uns gefunden, wenn auch nicht in dem der Gesellschaft. Als ich ihm nahe trat, war er gerade nicht ganz bei Sinnen, und ich im Begriffe, mit allen zehn Fingern in sein Schicksal einzugreifen.

Julia.

Eine pikante Art, sich kennen zu lernen.

Baron Weidmann.

Gewiß, meine Gnädige. Pikant und wässerig zu-gleich. Einer von uns beiden rettete dem andern das Leben. Es ist nicht der Rede werth, aber es vergißt sich doch so leicht nicht wieder. — Wir studirten dann zusammen.

Julia.

Auch nur zum Amüsement? Was Sie betrifft, meine ich.

Baron Weidmann.

Gewiß. Denn die Wissenschaft ist das edelste und höchste Vergnügen, das sich der Mensch leisten kann. Ueberdies das einzige Vergnügen, das ihm nie Reue bringt und das er nie satt bekommt. (Lebhafter, anhaltender Beifall im Innern. Baron Weidmann spricht plötzlich mit anderem Stimmtone.) So, mein gnädiges Fräulein, und jetzt dürfen Sie hineingehen!

Julia.

Ich darf hineingehen? Sind Sie denn ein Festdirigent, ein Theaterinspektor, ein Polizeirath?

Baron Weidmann.

Auch der Wahrheitsliebende kommt im Leben selten ganz ohne Maske aus. Ihnen gegenüber habe ich heute zwei Rollen gespielt: erst die des Spions, dann die des Gefangenwärters. Sie sind mir beide geglückt. Jetzt, mein Fräulein, sind Sie frei.

Julia.

Aber wie kommen Sie dazu, Ihr Maskenspiel gegen mich, eine Ihnen völlig Unbekannte, auszuüben?

Baron Weidmann.

Ich handelte im Auftrage des Hauptakteurs des heutigen Tages.

Julia.

Im Auftrage des Herrn Manfred Roemer?

Baron Weidmann.

So ist es. Ich war von Herrn Manfred Roemer beauftragt, Sie nicht zu zeitig in den Festraum zu lassen.

Julia.

Beauftragt? wörtlich beauftragt?

Baron Weidmann.

O nein, beileibe, Gnädigste! Aber eine mündliche Äußerung von gestern und eine schriftliche in einem

Briefe vom April vorigen Jahres gaben mir Gelegenheit,
zu combiniren.

Julia.

Baron, ich könnte Ihnen das zeitlebens nicht ver=
zeihen, wenn —

Baron Weidmann.

Wenn —?

Julia.

Wenn Sie nicht einem Menschen das Leben gerettet
hätten.

Baron Weidmann.

Und was für einem Menschen! — Mein Fräulein,
was Roemer bis jetzt drinnen gesprochen haben mag,
ich denke, ich weiß es, denn ich bin der stete Gefährte
seiner Gedankenspazirgänge. Hunderte von wechsel=
seitigen Briefen zeugen davon. Und Sie, mein Fräulein
Sie wissen es auch. Er zählt Sie offenbar zu den Ersten,
die seine Theorie begriffen und gewürdigt haben.

Julia.

Manfred Roemer ließ mich seiner Ideen theilhaft
werden, ehe sie gedruckt erschienen. Das ist eine der
schönsten Errungenschaften meines Lebens. (Sie wendet sich
zum Hineingehen.)

Baron Weidmann (ebenso).

Und doch ist etwas, das Ihre Geister für immer
trennen wird.

Julia.

Das ich nicht wüßte.

Baron Weidmann.

Etwas, das für immer als Scheidewand, zwischen
Ihnen und seiner stolzen Gelehrtenseele stehen wird.

(Beifall hinter der Scene.

Julia.

Sie machen mich neugierig.

Baron Weidmann
(indem er ihr die Abschiedsverbeugung macht.

Ihr Rittergut, mein Fräulein.

Beide ab.

Die Scene bleibt eine kurze Zeit leer.)

Zwölfte Scene.

Logenschließer Schmidt und die Garderobiere treten vorsichtig aus
der Logenthür und begeben sich wieder auf ihre Posten. Man hört
beim Öffnen der Thüre eine laute Beifallssalve.

Schmidt.

Wirklich die reine Première! Die gelehrte Gesell
schaft ist klatschlustig wie das Sonntagspublikum auf der
Gallerie.

Garderobiere.

'S ist ein Standal! Rein als ob der Mensch ein
Tenor wäre! Na, eine schöne Oper oder ein hübsches
Ballet ist mir tausendmal lieber, so viel weiß ich.

Schmidt.

Mir auch. Aber wenn ich denke, daß der Mann das alleine, ohne Orchester und ohne ein Paar Dutzend Mädchenbeine zuwege kriegt — allerhand Achtung! allerhand Achtung!

Dreizehnte Scene.

Die Vorigen. Grünwieser und Enge kommen eilig von links.

Grünwieser.

Fascinirend! Enge, so etwas ist noch nicht dagewesen! Geben Sie mit vollen Pauken und Posaunen los.

Enge.

Ich habe Lapidarstil geschrieben, Herr Grünwieser. „Seit Plato und Aristoteles —" so beginnt der vorletzte Satz.

Grünwieser.

Recht so, recht so. Können Sie nicht noch Friedrich Nietzsche 'reinbringen?

Enge.

Und erst der letzte Satz! —: „Eine neue Ära der Wissenschaft blüht empor, unsere Universitätsstadt ist ihr Frühbeet, und ihre erste vollerschlossene Centifolie heißt: Manfred Roemer."

Grünwieser.

Enge, fliegen Sie!

Enge.

Ich fliege. (Geht ab.)

—

Vierzehnte Scene.

Die Vorigen. Geheimerath Schiefberk tritt aus der Loge und trocknet sich den Schweiß.

Schiefberk.

Uff, diese Hitze!

Grünwieser.

Fascinirend, Herr Geheimerath, nicht wahr, fascinirend?! Und denken Sie, Herr Geheimerath, das Buch, das nun bei Cotta in Stuttgart erschienen ist, mir hat's dieser Roemer zuerst angeboten! Ich war dabei, anzubeißen, und habe mir's nachher doch entgehen lassen.

Schiefberk.

Mann, wollten Sie in ihrem eigenen Fleische wüthen?

Grünwieser.

Ich verstehe Sie nicht, Herr Geheimerath. Ein brillantes Geschäft wäre sicher gewesen.

Schiefberk.

Grünwieser, Sie haben meine Schriften im Verlag, Sie haben das große Lexikon von Kermel, die — unter uns gesagt, recht dummen — Einzeldarstellungen vom Kollegen Schrippe und Sie haben die Sammlung

zeitgenössischer Autoritäten von Henzi. All' diese Bücher
sind jetzt gangbare Waare; Sie haben ein Vermögen damit verdient. Widersprechen Sie nicht, Grünwieser, ich
kann's Ihnen fast auf Heller und Pfennig nachrechnen.
Ich dächte, es zöge hier. Meine Studenten, jährlich
sieben- bis achthundert Mann, müssen sich meine vier
Bände „Propädeutik der physiologischen Psychologie auf
rationell deduktiver Grundlage" anschaffen, das Exemplar
Dreißig Mark Ladenpreis. Wenn Roemers Ideen durchdringen — Mann, sperren Sie die Ohren auf! — ist
meine Propädeutik, ist Kerwel's Lexikon, sind Schrippe's
und Henzi's Sammlungen Makulatur! Ma—ku—la—tur!

Grünwieser.

Ma — ku —

Schiefberk.

— la — tur!

Grünwieser.

Geheimerath, Sie eröffnen mir eine fürchterliche
Perspektive! Aber es ist ja wahr. (Er stürzt nach rechts hin.)
Enge! Enge! Die Pauken und Posaunen müssen wieder
herausgestrichen werden! Enge! Enge! (Er läuft fort.)
(Neuer Beifallssturm.)

Rufe hinter der Scene.

Bravo! Roemer! Roemer! Hoch!

Schiefberk.

Ich glaube gar, jetzt arbeiten sie mit Händen und
Beinen.

Fünfzehnte Scene.

Die Vorigen. Herren und Damen, darunter Dessauer, Natalie, Olga, von Regele, die Geheimeräthin Schiefberk, Ernestine, Müller, Schrippe, Kerwel, Henzi, Baron Weidmann. Das Publikum strömt zu gleicher Zeit aus den Logenthüren hervor und von links und rechts, so daß die Bühne binnen Kurzem sich füllt und ein weit stärkeres und lebhafteres Durcheinander entsteht als vorher.

Stimmendurcheinander.

Entzückend! — Herrlich! — Kühn! — Scharf! — Ein Redner ohne Gleichen! — Brillant! — Das sind Ideen! — Etwas gefährlich, aber neu, neu! — So was ist noch nicht dagewesen! — Pyramidal! — Genial! — Mich hat der Mann! — Es stimmt Alles! Bravo, bravo! — Na, na, na, Vorsicht!

Natalie.

Das ist das Stilvollste, was ich je gehört habe!

Olga.

Papa muß den Manfred für unseren Jour fixe einladen. So kommen wir in die Literaturgeschichte.

(Sie schreiten weiter. Immer neue Gruppen treten in den Vordergrund.)

Geheimeräthin.

Abominable! Abscheulich! Man hält es nicht für möglich.

Schrippe.

Gnädige Frau, fassen Sie sich. Morgen läßt meine „Veritas" ihre Stimme ertönen.

73

Geheimeräthin.

Ach, das ist eine und eine papierene Stimme! Hier sind lebendige Stimmen und Tausende!

Schrippe.

Die aber nach fünf Minuten verhallt sind. So eine papierene Stimme aber redet zur Welt und sie redet vernehmlich auf Jahrhunderte.

Ernestine.

Aber Mama, ich dächte doch nach Papa wäre Roemer der bedeutenste Redner, den ich gehört habe.

Geheimeräthin.

Willst du deinem Vater den Dolch in's Herz stoßen, so wiederhole das vor seinen Ohren!

(Sie schreiten weiter. Grünwieser tritt von rechts auf und drängt sich durch die Menge.)

Grünwieser.

Herr Geheimerath, ich habe Ihrem Winke Folge geleistet. Das Referat wird mit den nöthigen Dämpfern erscheinen. Schade, schade nur um den genialen Schlußsatz! „Eine neue Ära blüht empor, unsere Universitätsstadt ist ihr Frühbeet, und ihre erste vollerschlossene Centifolie heißt: Manfred Roemer."

Schiefberk.

Wenn Sie sich davon nicht trennen können, der Satz braucht durchaus nicht in den Papierkorb zu wandern. Jetzt gleich wird Professor Brenda-Sazzarin aus Frankfurt sprechen. Brenda-Sazzarin ist einer von den Unsern.

Nehmen Sie Ihren Centifoliensatz als Schluß des Referats über seinen Vortrag.

Grünwieser.

Wie ist der Vorname des Herrn?

Schiefberk.

Leo.

Grünwieser.

„Eine neue Ära der Wissenschaft blüht empor, unsere Universitätsstadt ist ihr Mistbeet —"

Schiefberk

(wirft ihm einen vernichtenden Blick zu).

Grünwieser.

Pardon! — „ist ihr Frühbeet, und ihre erste vollerschlossene Centifolie heißt: Leo Brenda-Sazzarin." Das klingt wahrhaftig noch besser als „Manfred Roemer." (Er eilt ab.)

Müller (tritt zum Logenschließer).

Geben Sie mir ein Opernglas! das schärfste, was Sie haben.

Schmidt (überreicht ein Opernglas).

Hier, Herr Doktor. (Müller nimmt das Opernglas und richtet es auf Schmidt.) Das Glas ist vortrefflich! Es rückt die fernsten Gegenstände auf Meterweite nahe.

Müller.

Rückt es die Nahen auch noch näher?

Dessauer.

Herr Baron, Sie sind ein Spezialfreund unseres un-
sterblichen Manfred Roemer. Wissen Sie, was der Mann
entdeckt hat? Goldgruben hat er entdeckt, Goldgruben!

Baron Weidmann.

Und weiß es nicht, meinen Sie?

Dessauer.

Herr Baron, was beherrscht die Welt? Die Idee
und das Kapital. „Wissen ist eine Großmacht" sagt
Shakespeare; „Kapital ist die andere Großmacht" sagt
Dessauer in Firma Dessauer Söhne & Compagnie. Roemer
führt die eine Großmacht in's Feld, meine Firma die
andere. Herr Baron, wenn man die Ideen verwerthet,
das giebt eine Aktiengesellschaft ersten Ranges!

Baron Weidmann.

Wenn Roemer Ja sagt, zeichne ich ohne Weiteres
Dreimalhunderttausend Mark.

Dessauer.

Bravo, Baron. Den Anfang hätten wir. Sie erhalten Pari; zum Kurse von hundertundfünf werden die
Aktien aufgelegt — macht einen Baargewinn — —

Baron Weidmann.

Ja ja, das Baare ist's Wahre. Sie brauchen mir's
aber jetzt noch nicht gleich auszuzahlen, Herr Kommerzienrath. Viel Vergnügen! (Er wendet sich ab).

Henzi.

Was sagen Sie, Kollege Kerwel? Ich bin weg. Ich glaube, ich brauche gar nicht erst noch näher hinzusehen. Die Sache stimmt.

Kerwel.

Henzi, sind Sie des Teufels? Wenn Roemer's Ideen durchdringen, ist das Ende der Wissenschaft da.

Henzi.

Vielleicht d e r Wissenschaft, wie sie jetzt ist. — Wenn Schulze in Wien genau hinsieht, und der w i r d hinsehen, und sieht dasselbe wie ich, dann werde ich Manfredianer vom reinsten Wasser.

Kerwel.

Henzi, Sie sind —

Henzi.

Ein dummer Kerl, wollen S i e s a g e n; mag sein. Aber ein ehrlicher deutscher Gelehrter, s a g' i ch.

Schiefberk.

Henzi, S i e haben den Bock geschossen. Während ich ein Paar Tage verreist war, mit dem Roemer ab-zuschließen! Einem Manne, der gar nicht zur Fakultät gehört! Einen Vortrag an solcher Stelle!

Baron Weidmann.

Sie vergessen den ursprünglichen Sinn des Wortes „Fakultät", Herr Geheimerath. „Facultas" heißt, wie Sie selbst am besten wissen, „Fähigkeit".

Schiefberk.

Äh — sagten Sie etwas?

Baron Weidmann (ruhig fortfahrend).

Ich kann mir also doch auch außerhalb der Fakultät eine Facultas denken. ·

Schiefberk.

Wortspielerei!

Baron Weidmann.

Wer spielt nicht auch einmal mit Worten? Die Herren kennen ja das bekannte Diktum, es kam mir erst heute Morgen zufällig vor die Augen: „Wenn die Reflexe der psychologischen Ideenassociation — —"

Schiefberk.

Ich bekomme kalte Füße. Es muß wieder — (Er tritt etwas zur Seite.)

Baron Weidmann.

„Wenn die Reflexe der psychologischen Ideenassociation den Horizont der phänomenalen Erscheinungen im transcendentalen Sinne durchbrechen, dann ist der Zeitpunkt da, wo das Maximum der Denkatmosphäre in den Zenith getreten ist."

(Kurze Pause.)

Kerwel.

Ha ha ha, sehr gut. Großartiger Unsinn!

Henzi.

Das ist was für den Stammtisch.

Schrippe.

Das müssen Sie, bitte, noch einmal sagen, daß ich mir's notiren kann.

Baron Weidmann.

Haben Sie gar nicht erst nöthig, Herr Professor, ist schon gedruckt. Es ist wörtlich der Schlußsatz von Geheimerath Schiefbeck's drittem Bande der „Propädeutik".

(Elektrisches Glockensignal.)

Schiefbeck (mit erhobener Stimme.)

Genug des Geschwätzes! Meine Herren, die Wissenschaft ruft!

Stimmendurcheinander.

Auf Wiedersehen! Viel Vergnügen!

(Der Raum entleert sich rasch.)

Sechzehnte Scene.

Baron Weidmann ist im Begriff hineinzugehen. Logenschließer Schmidt geht im Hintergrunde auf und ab, verschwindet auch zuweilen. Garderobiere wie vorher. Julia kommt, während die letzten hineingehen, aus der Loge heraus und will auf die Garderobe zu.

Baron Weidmann vertritt ihr den Weg.

Sie wollen das Haus verlassen, Fräulein?

Julia.

Ich bin in gehobener, feierlicher Stimmung, will mir den Eindruck der Rede durch keine andere verderben

79

laſſen und habe nur ſo lange gewartet, bis ich ohne viel
Aufſehen entſchlüpfen kann.

Baron Weidmann (befehlshaberiſch).

Sie wollen fort? Das geht nicht. Sie dürfen nicht!

Julia.

Herr Baron, genug des Scherzes!

Baron Weidmann.

Ja, wer ſagt Ihnen denn, daß ich ſcherze? Vorher
habe ich ihn vor Ihnen behütet; jetzt hoffe ich, daß es
uns gelingt, ihn vor Schlimmem, vor S ch l i m m ſt e m zu
bewahren.

Julia.

Sie ſprechen das mit einer Miene, Herr Baron, die
mich erſchrecken macht. Was iſt geſchehen?

Baron Weidmann.

Was geſchehen iſt? N o ch nichts. Aber Sie haben
das Treiben dieſes Foyers nicht beobachtet. Was ich vorher angedeutet, das wird mit Sicherheit geſchehen. Der
junge Adler hat ſich trotz allen ſcheinbaren Erfolges ge-
waltig die Schwingen verſengt, wenn er auch noch nichts
davon ahnt. War das ein Ziſcheln, ein Tuſcheln, ein
Verſchwören, bisweilen ſchon ein helles Aufflackern des
Haſſes und Neides! Der Beifall der Menge, der ihn
heute emporträgt, hat die Gemüther der Feinde auf's
Äußerſte gereizt. Morgen ſteht Manfred vom Wetter-
ſturme umtoſt. Wollen Sie mir helfen ihn ſtützen?

Wollen Sie zeigen, daß Sie ihn wahrhaft verstanden haben und daß Sie ein tapferes Mädchen sind?

Julia.

Herr Baron, was in meinen schwachen Kräften steht, das will ich thun.

Baron Weidmann.

In Ihrer Kraft steht Alles. — Mein Fräulein, es giebt Augenblicke, wo selbst das Gewagteste nicht nur erlaubt, wo es geradezu geboten ist. Manfred liebt Sie, und Sie lieben Manfred. Zwei Durchschnittsmenschen hätten sich's längst eingestanden. Wäre Manfred ein anderer, Ihr lediges Rittergut hätte längst einen Herrn gefunden. Aber ich kenne Manfred und seinen Stolz. Erst heute habe ich ihn mir gegenüber fühlen müssen. Ich weiß auch, wie er an seinen Plänen, seinen Idealen hängt. Ein Manfred ohne große Ziele ist ein todter Mann. Heute ist der große Wurf geschehen; wird ihm morgen nicht der volle Gewinn ausgezahlt, so thut er mit seinem Starrkopfe das, was sein geistiger Tod ist —: Manfred Roemer wird Provisor in der Hofapotheke in Neu-Ruppin. Sie werden ihn verlieren, ich werde ihn verlieren; was die Welt verliert, brauche ich Ihnen nicht erst zu sagen. Ich sehe das Morgen und ich zittre davor. Nur ein gewaltsames Eingreifen kann ihn retten. Wo die Freundschaft nichts vermag, muß die Liebe einsetzen. Fräulein Julia, das Mittel, das ich anwende, könnte aussehen wie ein Lustspielkniff. Wenn es einer ist, der Himmel mag's verzeihen, aber mir ist ernst und weh um's Herz. Heute noch muß er Ihnen seine Liebe gestehen. Jetzt gleich. Helfen Sie mir. Er muß. (Langsam und accentuirt.) Und jetzt, Julia, erschrecken Sie nicht vor einem Gewaltstreiche! Dort kommt er.

Siebzehnte Scene.

Die Vorigen. Manfred kommt von rechts.

Baron Weidmann

entfernt sich schnell einige Schritte von Julia und geht harmlos lächelnd auf Manfred los.

Manfred, du hast gezeigt, daß du ein ganzer Kerl bist. Ich freue mich mit dir.

Manfred

(nimmt Weidmann bei der Hand und führt ihn auf Julia zu).

Welch freundliche Fügung, mein Fräulein, daß ich Ihnen gerade in diesem Augenblicke meinen ältesten und liebsten Freund vorstellen darf. Baron Weidmann — Fräulein Julia Engel.

Baron Weidmann.

Und ich, mein Fräulein, erlaube mir, Ihnen hier einen Mann vorzustellen, der nicht nur den Mund — denn das hat er eben bewiesen — der auch das Herz auf dem rechten Flecke hat. (Accentuirt.) Fräulein Julia Engel, wenn sich dieser Mann nicht binnen hier und fünf Minuten mit Ihnen verlobt, so erkläre ich sein Herz für einen ausgebrannten Aschenhaufen, und ich werde beginnen, Ihnen nach allen Regeln der Kunst den Hof zu machen. (Er verbeugt sich und geht schnell ab. — Lange Pause.)

Manfred (kühl und ruhig).

Ich habe nicht gewußt, daß sich die Herrschaften schon kennen.

Julia.

Vor einer Stunde hat sich mir der Baron als Ihren Freund vorgestellt. Wir trafen uns jetzt zufällig wieder. Ich stand im Begriffe, das Haus zu verlassen, als er mich aufhielt. Wollen Sie mir das glauben oder nicht, Herr Roemer?

Manfred.

Ich habe keinen Grund, Ihnen nicht zu glauben. Aber ich weiß nicht, was ich dazu sagen soll. Ich komme in fröhlicher und übermüthiger Stimmung hierher, der Freund tritt lächelnd auf mich zu, im nächsten Augenblicke erhalte ich einen Schlag vor den Kopf, und er ist verschwunden. Sie, mein Fräulein, empfinden vielleicht etwas Aehnliches. Ich bitte Sie im Namen dieses unseeligen Weidmann um Vergebung. Und nun lassen Sie uns etwas Vernünftiges reden. (In leichtem Tone.) Wie hat Ihnen meine Komödie gefallen? An Applaus fehlte es nicht. Ich habe das Zeug zu einem vortrefflichen Possenreißer. Gelt, so ist es?

Julia.

Jetzt sind Sie der Schauspieler, nicht vorhin. Ich soll nicht merken, daß Sie das Ganze für ein abgekartetes Spiel halten.

Manfred.

Fräulein Engel, ich verzichte auf jede Erklärung.

Julia (finkt weinend auf ein Sopha).

Sie wollen mich nicht hören.

Manfred.

Reden Sie, ich werde hören. Aber wie peinlich mir all' dies ist, begreifen Sie.

Julia.

So hören Sie die Wahrheit, die volle Wahrheit. Baron Weidmann hielt mich auf — das war vor Ihrer Rede oder richtiger, als Ihre Rede begann. Er erzählte mir vom Entstehen Ihrer Freundschaft. Wir kommen in's Plaudern. Endlich gesteht er, alles war nur List, mich aufzuhalten, zwei schöne Augen fernzuhalten, vor denen — Sie sich fürchteten.

Manfred.

So scheint er wieder einmal zu klug gewesen zu sein.

Julia (spricht immer hastiger).

Kurz, er sagt mir mehr oder weniger verblümt, daß Sie mich lieben. Nach der Rede aber verhindert er mich am Fortgehen, will mir beweisen, Sie seien in höchster Gefahr, morgen würden die Feinde in hellen Haufen über Sie herfallen, Sie brauchten Zerstreuung — er sagte das nicht mit diesen Worten, aber das war der Sinn — Sie brauchten eine weibliche Stütze, und so führte er den Streich. Wenn er nicht Ihr Freund wäre,

Ihr langjähriger Vertrauter, jetzt würde ich es selbst
sagen, was er vorhin andeutete —: ein Lustspielkniff,
der vielleicht anderen Spaß macht, aber den Betheiligten
wahrlich nicht. Spüren Sie selbst denn etwas von einem
Sturme, der sich gegen Sie vorbereitet und der, wie Baron
Weidmann vorgiebt, Sie morgen umtoben wird?

Manfred.

Sie haben selbst gehört und gesehen, was drinnen
geschah. Ich spiele nicht den Prahlhans, wenn ich sage:
es war ein Sieg im vollen Sinne des Wortes. Weder
Neid noch Haß können ihn wegleugnen. Natürlich giebt
es einzelne Gegenstimmen.

Julia.

Sehen Sie, und da hat mir der böse Mann einreden
wollen — — (Sie bricht in Thränen aus.)

Manfred.

Fräulein Julia, ich kann es begreifen, daß Ihr
Zartgefühl schwer verletzt ist. Sie lassen sich keinen
Mann aufreden, auch nicht, wenn er hundert Mal mehr
werth wäre als ich. Sie haben Recht, den Gedanken
mit Entrüstung von sich zu weisen. Und jetzt, nachdem
der Fall ganz klar gelegt ist: nun und nimmer wird es
eintreten, was der Baron Ihnen in unbegreiflicher Fri-
volität zugerufen hat, jetzt darf ich zu seiner Rechtferti-
gung sagen: mit den Voraussetzungen hatte er theilweise
Recht. Ja, Fräulein Julia, mein Herz war schwach genug, sich Ihrem Zauber gefangen zu geben. Wie es
gekommen ist, brauche ich Ihnen nicht erst zu erzählen.

Seit Jahr und Tag, wenn ich von meiner Arbeit auf=
schaue, sehe ich Ihr liebes Gesicht mir entgegenlachen.
Ein schlichtes Beifallswort von Ihnen war mir ein
größrer Lohn als zehn Tage wie heute. Mit klaren
Worten sei es ausgesprochen: ich liebte Sie. — Weid=
mann beging das Ungeschick, eine Gegenseitigkeit an=
zunehmen.

Julia.

Ich hätte doch vorhin Ihrem Rathe folgen sollen.

Manfred.

Meinem Rathe?

Julia.

Es war besser, wir unterhielten uns von gleich=
giltigeren Dingen. (Plötzlich in leichtem Gesprächstone.) So hat
Sie das Klatschen vorhin beleidigt? Sie sprachen von
Komödiantenthum.

Manfred.

Ich meine, daß ich die stille Zustimmung weniger
Auserwählter höher schätze als den rauschenden Beifall
der Menge.

Julia.

Zum Trost will ich Ihnen denn gestehen, daß nicht
Alle geklatscht haben. Zum Beispiel ich nicht.

Manfred.

Ich danke Ihnen dafür.

Julia.

Das Klatschen ist ein äußeres Zeichen, ein Symbol des Beifalls, das sich an's Gehör wendet. Verachten Sie auch eine sichtbare Zustimmung? (Sie löst die gelbe Rose von der Brust und giebt sie Manfred.)

Manfred
(nimmt die Rose und drückt sie an die Lippen).

Man ist die Rose an Ihnen so gewöhnt, Fräulein Julia. Die Welt wird Sie ohne das gelbe Wahrzeichen nicht mehr kennen.

Julia.

Was thut's? (Träumerisch.) Ich kenne mich oft selbst nicht mehr.

Achtzehnte Scene.

Die Vorigen. Müller öffnet vorsichtig eine Logenthür, tritt heraus und will auf die Garderobe zugehen.

Müller (im Selbstgespräche).

Es ist besser, ich hole meine Siebensachen jetzt schon. Ich bin dann jeden Augenblick bereit, ihr zu folgen. (Er erblickt Manfred und Julia und eilt auf Manfred zu.) Ach, Manfred — nebenbeigesagt eine vortreffliche Rede! vortrefflich! — übrigens, du siehst mich heute noch bei dir. (Leise.) Schwerenöther, hast aber auch einen leidlichen Geschmack entwickelt. Gratulire, gratulire! (Er geht zur Garderobe und dann langsam rechts ab.)

Julia.

Wer war das?

Manfred.

Ein alter Schulfreund. Sehen Sie, mein Fräulein, so sehen die Leute aus, die nur e i n e n Gedanken haben, die Verliebten. Ich habe gewiß vorhin ein recht dummes Gesicht gemacht.

Julia.

Ich finde, der junge Mann sah recht vergnüglich aus. Nicht alle Leute haben so viel Verstand, daß sie sich vor einem Rittergute fürchten.

Manfred.

Sie sagten?

Julia.

Ich meinte, der sieht nicht so aus, als ob er sich vor einem Rittergute fürchtete, wie gewisse andere Leute.

Manfred.

Weidmann ist ein unausstehlicher Schwätzer.

Julia.

Ich habe ihm Unrecht gethan. Er hat es gewiß nicht bös gemeint. In manchen Stücken muß ich ihm sogar sehr Recht geben.

Manfred.

Zum Beispiel?

Julia.

Zum Beispiel, wenn er sagte, zwei gewöhnliche Durchschnittsmenschen würden sich an unserer Stelle längst verlobt haben.

Manfred (greift nach dem Herzen).

Julia —!

Julia.

Stillgestanden, mein Herr. Sehen Sie nicht dort die Schildwache? Sie deutet nach dem auf- und abgehenden Schmidt.

Manfred.

Sie jagen mich durch Himmel und Hölle.

Julia.

Sie treiben es nicht viel besser.

Manfred.

Sie sagten vorhin: „Ich kenne mich oft selbst nicht mehr." Gerade in dem Augenblicke kam der Durchschnittsmensch Müller und unterbrach uns. Darf ich Ihre Worte verstehen wie —

Julia.

Wie verstehen?

Manfred.

Wie — nun, sagen wir, auch wie ein gewöhnlicher Durchschnittsmensch?

Julia.

Verstehen Sie's, wie Sie wollen. Nur bedenken Sie immer: die Schildwache ist in der Nähe!

Neunzehnte Scene.

Die Vorigen. Baron Weidmann tritt auf.

Manfred

(läuft ihm mit glückseligem Gesicht entgegen).

Weidmann, du hattest es vorhin so eilig. Was sagst du zum Gesammteindruck meiner Rede?

Baron Weidmann.

Ach, das ist doch Nebensache.

Manfred.

Fräulein Julia Engel meint – –

Baron Weidmann.

Das ist die Hauptsache.

Julia.

Herr Baron, Rittergüter zählen nicht mehr zu den Ehehindernissen. Ich habe die Ehre, Ihnen meinen Bräutigam vorzustellen.

Baron Weidmann (drückt beiden die Hände).

Ihr lieben Leutchen, das braucht ihr mir nicht erst zu sagen. Das sehe ich. (In diesem Augenblicke bricht ein mächtiger Beifall im Innern des Theaters los. Die Liebenden stehen sorglos in ihr Glück versunken. Weidmann spricht halblaut, doch mit Nachdruck.)

„Der Sturm, ich mein', wird da sein, eh' wir's denken."

(Der Vorhang fällt.)

Dritter Akt.

Manfred Roemer's Studirzimmer wie im ersten Akte. Neben dem Tische ein Reisekoffer.

Erste Scene.

Neumann reißt die Hauptthüre von außen auf, blickt auf den im Schlosse steckenden Schlüssel und tritt bedächtig ein.

Neumann.

Na, was is denn das fer änne neie Mode? Bin ich denn noch Neimann oder bin ich's nich? Sich zwee Schdunden langk einschberren un geene Antwort geb'n. Neimann mag scheene Worde machen, wie er will?! Sollde villeicht under den Boßsachen was gewesen sin, was en in de Nase gefahren is? Denn so än Schdoß Gouverts un Boßgarden un Kreizbänder un Zeidungks= abschnidde wie heide hawe ich noch gar nich uf eemal beisamm' gesehn. (Er tritt an's Schreibpult und nimmt ein Zeitungsblatt in die Höhe.) Halt! Hier liegt ja noch ä Zewer= restchen! „Veridas. Festnommer, herausjegewen von

91

Professer Dokder Schribbe". Un hier ä blauer Schdrich an Rande. "Der Applaus war recht lebhaft. Wer awer schdatt mit den Ohren mit den Augen beowachdet hädde, der wirde unfehlbar bemerkt hawen, daß in den Reihen der wahrhaft Urdheilsfähigen sich auch nicht eine Hand riehrde." Hm. Noch ä Strich. "Diese Behaupdungk worde wieder dorch eine Beifallssalfe der Gallerie un des Schdudendenbarderres begrießt. Awer war denn das, was geboden worde, Wissenschaft, edle, wahre Wissenschaft? Dichdungk war es, was uns Herr Roemer zu bieden beliebde, phandastische Seildänserginste un boedisch-nadurwissenschaftliche Vorzelbeine à la Jules Verne." (In immer gereizterem Tone.) Un hier Dobbelschdrich un Ausrufezeechen! "Die Rede des Professer Leo Brenda-Sazzarin stellde die des vorhergehenden Redners veellig in Schadden, dariewer gann gein Zweifel sein. Dort Gomeediandendhum der schlimmsten Sorde, hier das, was man eine deitsche Wissenschaft der Zugunft in besten Sinne des Wordes nennen gann. Leo Brenda-Sazzarin is ä Priester der Wissenschaft, Manfred Reemer ä Scharladan!" (Beim Lesen ist seine Stimme mehr und mehr in helle Wuth gerathen, jetzt will er das Blatt zerreißen, besinnt sich aber, faltet es sorgfältig zusammen, breitet es auf die Diele, legt ein Schutzpapier aus dem Papierkorbe darüber und versetzt nun der Zeitschrift nach dem Takte der Silben Fußtritte.) Le — o Bren — da Saz — za — rin — Hof — rath — Schrib — be - Schrib — be — Schrib be (Wechselt mit dem Beine und tritt weiter.) Schief berk Schief — berk — das ist ei — ne — Sau Kri - dik dik dik Ve ri — das — Piu i !!

Zweite Scene.

Neumann. Manfred tritt ein und beobachtet Neumann's Treiben.
In der Hand hält er einen Stoß Skripturen und Drucksachen.

Manfred (apathisch ruhig).

Neumann, was treibst du da?

Neumann (hält ein).

Ich kritisire.

Manfred.

Was, Neumann?

Neumann.

De Kritik. Ich behandle de „Veridas" un ihre
Gumbane, wie se's verdienen.

Manfred.

Laß die Possen. Die Meinung des Herrn Hofrath
Schrippe ist doch wohl nicht so vereinzelt. (Er legt die
Papiere auf den Schreibtisch.) Hier ist der „Tagesbote", hier
das „Abendblatt", hier der „Literaturfreund"; hier sind
noch drei Briefe, ein Flugblatt, fünf Postkarten, was
weiß ich alles, drei anonyme Gemeinheiten und so weiter
und so weiter — Neumann, packe den Koffer, heute
Nachmittag reise ich.

Neumann.

·Na nu?

93

Manfred.

In meine jetzige Heimath, nach Neu-Ruppin. Die
Bücher bleiben vor der Hand ruhig auf ihrem Platze.
Der Miethvertrag läuft in vier Monaten erst ab, und
— was brauche ich noch Bücher? Zum Kaffee das „Neu-
Ruppiner Tageblatt" lesen, um zwölf Uhr Frühschoppen,
nach Tisch ein kleines Mittagsschläfchen, Abends sechs
bis acht Glas Lagerbier in den Leib füllen. Das ist der
Lebenslauf eines glücklichen, biederen Deutschen. Vielleicht
lerne ich's auch noch als Provisor. Neumann, hier ist
dein Lohn, wohlabgezählt bis Ende des Monats.

Neumann (mit weinerlicher Stimme).

Un wer wärd gimsdig Ihre Mannschkripder ab-
schreiwen?

Manfred.

Du hast gehört, daß ich mich in meinen Mußestunden
nur noch mit Biertrinken beschäftige.

Neumann (trocknet sich eine Thräne).

Da woll'n Se wohl ooch mit ungewichsden Schdiefeln
in Nei-Ruppin rumloofen?

Manfred.

Neumann, ich danke dir für das, was du mir gewesen bist!

Neumann.

Herr Reemer, was gost't ä Billet Vierder nach Nei-
Ruppin?

Manfred.

Baron Weidmann wird ein halbes Jahr in Europa bleiben. Vielleicht kannst du in seinen Dienst treten.

Neumann.

Woll'n Se mir nich ämal mehr vergennen, eene Luft mit Sie ze athmen? — Herr Reemer, wenn Sie Billen drehen, gennde ich nich da derweile de Latwerche gochen?

Manfred (weich).

Neumann, ich will deinem Glücke nicht im Wege stehen. Am Ende lernst du das Provisorspielen besser als ich. Du darfst deinen Koffer auch packen. Ist das Telegramm abgegangen? Ist der Brief besorgt, den ich vor einer halben Stunde hinausreichte?

Neumann.

Alles in Ordnnngk. Den Brief an Freilein Julie Engel habe ich in ihre eigenen Hände debouirt.

Manfred.

Ich werde das Nöthige zusammensuchen und auf's Bett breiten. Du, Neumann, lege dann alles sorgfältig in den Koffer. (Links ab.)

Neumann

hebt das Zeitungsblatt vom Boden und legt es wieder auf den Schreibtisch. Es klingelt. Neumann spricht im Hinausgeben tragisch:

Unglückseeliger Klingler, Gnade dir! De Schale meines Zornes is voll nn droht jeden Oogenblick iewerzeschwäbbeln.
(Neumann geht ab und kehrt gleich darauf mit Karoline zurück.)

Dritte Scene.

Neumann und Karoline treten ein.

Neumann (düster).

Caroline, Sie kommen zu unglückseeliger Schdunde.

Karoline.

Herr Neumann, ich komme im Auftrage meiner Herrschaft.

Neumann.

Desto schlimmer.

Karoline.

Herr und Frau Geheimerath lassen sich erkundigen, wer vorhin so abscheulich gepocht hätte.

Neumann.

De Nemesis, de rächende Nemesis.

Karoline.

Und bitten höflichst, daß Derartiges künftighin nicht wieder vorkommt. Widrigenfalls würde man Herrn Roemer durch den Hauswirth ersuchen lassen, die Wohnung zu räumen.

Neumann.

Gänzlich von Jewerfluß. Wir reimen schon ohnedem Er geht in's Nebenzimmer .

Karoline.

Ei, was ist das? Sie sieht sich im Zimmer um.) Ein großer Reisekoffer!

Neumann

kommt mit einem Pack Kleidungsstücken und mit ein Paar Stiefeln zurück.

Caroline.

Neumann, was soll das heißen? Will Herr Roemer verreisen?

Neumann.

Allerdings.

Caroline.

Sie auch, Neumann?

Neumann.

Allerdings.

Caroline.

Mein Himmel, Sie sind so kurz und borstig. Geht man so mit einer Braut um?

Neumann.

Braut? Ich denke, Sie gomm' bloß als offizieller Abgesandter von Unden?

Caroline

(bricht in Thränen aus).

Neumann (weicher).

Garoline, treeste dich. Weere unsere Liewe de wahre Liewe, wenn se nich de Entfernungk zwischen hier un Nei-Rubbin zwischen sich vertragen gennde?

Karoline.

Neumann, Sie wollen mich verlassen.

Neumann.

Garlinchen, fassen Se sich. (Er nimmt die Stiefeln in die Hand.) Sehn Se, Garlinchen, das mit den Seilen des Herzules — (Er betrachtet die Stiefel). Er hat se, weeß Knebbchen, schone widder änne Idee schiefgelaatscht! — das mit den Seilen des Herzules, das is nu rickgängig gemacht worden. 'S Schicksal selwer hält mich an Rock= schceßen feste. Weder ich noch mei Herre segeln dorch de Seilen des Herzules; nee, mer segeln nach der Mark Brandenborg.

Karoline.

So habe ich denn meinen Liebestraum zu Ende ge= träumt?

Neumann (geht mit ausgebreiteten Armen auf sie zu).

Der Weg der Wahrheet is entsagungsvoll.

Karoline (abwehrend).

Herr Neumann, der Anstandsmeter!

Neumann.

Diese feierlichhe Schdunde des Abschieds is iewer allen Anschdand un iewer alle ärdischen Maaß= un Ge= wichtsverhältnisse erhawen. Garoline, Sie erlauwen. (Er faßt sie um den Hals). Garoline, weißt du, was änne Gewissensehe is?

Karoline.

Gewissermaßen, ja. Mein Fräulein schwärmt für Jbsen.

Neumann.

Seit fünf Jahren, Karoline, lewe ich mit dir in änner Gewissensehe.

Karoline.

Aber, Neumann, davon weiß ich ja kein Sterbens- wort.

Neumann.

Das brauchste ooch gar nich ze wissen. Siehste, Jbsen hat änne Sorde von Gewissensehe, un Neimann hat änne Sorde von Gewissensehe. Wen seine den Vorzug verdient, die Entscheidungk ieverlasse ich ohne Wimber- zucken den heechsten Gerichtshofe der Moralideet.

Karoline.

Neumann, mich überläuft's brühsiedend. Hören Sie auf. Aber Sie wissen das alles so schön von sich zu geben —!

Neumann.

Alles Weidere schriftlich. Denn wie schbricht der Dichder? —:

Un zuckden Blitze dutzendweis um mich,
De wahre Liewe beigt gee Stormwind nich.

Vierte Scene.

Baron Weidmann tritt ein. Neumann und Karoline fahren
auseinander.

Baron Weidmann.

Sie sind auch in den Dichtern zu Hause, Neumann?

Neumann.

Entschold'gen Se, Herr Baron. Mir hadden nur
änne kleene äsbhedische Meinungsverschiedenheet iewer
de Balgonscene in „Romeo un Julche", — (In geschäft-
lichem Tone). Sie winschden Ufklärungk, mein Freilein,
iewer das hier stattgehabde Gereisch? Sagen Se Jhren
Herrn Geheimerath, 's weere weider nischt gewesen wie
änne offenherzige Aussprache zwischen mir un der
„Veridas". Noch ämal wärde's nich vorgomm', denn
daderzu dheeden mer meine Schdiefelabsätze ze leed.

(Karoline geht ab.)

Baron Weidmann.

Melden Sie mich dem Herrn.

Neumann

Heide gibbt's nischt ze denken. (Er geht ohne Anklopfen
in's Nebenzimmer.)

100

Fünfte Scene.

Baron Weidmann. Manfred und Neumann treten ein.

Baron Weidmann.

Ich wollte mich erkundigen, wie der Herr Bräutigam geschlafen haben.

Manfred

(winkt Neumann, sie allein zu lassen. Neumann ab).

Wie einer, der morgen als wohlbestallter Apotheker erwachen wird. Weidmann, der Scherz von gestern war recht überflüssig. Ich will mich in dieser Stunde des Abschieds nicht über dich erzürnen; aber ein Glück, daß die Sache noch nicht weiter gediehen ist.

Baron Weidmann.

Noch nicht weiter gediehen?

Manfred.

Vor einer Stunde habe ich ihr abgeschrieben. Sie ist frei.

Baron Weidmann.

Manfred?! Ich sehe dich Koffer packen!

Manfred.

Um heute Abend für immer von dieser Marterstätte der Wahrheit meine Zelte abzubrechen. Der Onkel ist telegraphisch benachrichtigt.

Baron Weidmann.

Manfred, du wirst bitter. Ich habe dir gestern bereits angedeutet, daß die Zeit für deine Ideen zu unreif ist. Aber was thut's? Einzelne hast du dir gestern wieder erobert. Allmählich, ganz allmählich wird deine Lehre siegen. So und nicht anders ging es jedem großen, guten und neuen Gedanken. Wie kann dich die Kritik eines „Tagesboten" und die hämische Besprechung einer „Veritas" aus dem Sattel werfen?

Manfred.

Und die vergifteten Pfeile der „Abendzeitung"? Und die Dynamitbombe dieses Flugblattes?! und hier der „Literarische Beobachter"?! Und hier ein Brief vom Dekan der theologischen Fakultät: „Mein Herr, Sie treiben Blasphemie". Und hier drei ähnliche Schriftstücke von angesehenen Universitätslehrern. Hier eine Bierkarte aus studentischen Kreisen mit dem sinnigen Motto in Noten: „Du bist verrückt, mein Kind —" Hier eine anonyme Mahnung mit dem freundlichen Ersuchen, mich schleunigst begraben zu lassen . . . Was weiß ich alles. (Er spielt die Blätter wie Spielkarten vor Weidmann aus). Hier, hier, hier, hier, sieh und lies selbst. Keine Stimme dafür, alle dagegen. Weil ein Dutzend Universitätspäpste mit dem ehrwürdigen Perrückenhaupte schütteln, getraut sich keiner dieser Federhelden, keiner dieser Druckerschwärzeapostel zu mucken! Ist das Wahrheit? Ist das deutsche Ehrlichkeit? Freund, habe ich denn gestern den ganzen Tag genachtwandelt? Haben es denn diese Augen und Ohren nicht gesehen und gehört, wie die Wirkung meiner Idee war, wie meine Worte zündeten? Ist es denn möglich, daß man den Thatsachen so mit Fäusten in's Gesicht schlägt?

Baron Weidmann.

Manfred, du übertreibst, du bist überempfindlich.

Manfred (immer bitterer).

Ich bin überempfindlich? Du tadelst meine Auf‍wallung? Weil ich empfindlicher bin als andere, weil meine Sinne schärfer funktioniren als die anderer, weil ich mehr sehe als ihr, mehr höre als die blöde Masse, weil mich jede Leidenschaft, jeder Schmerz, jede Lust mehr und gewaltiger packen als die Millionen, bin ich, was ich bin. Weil ich auch mit der Einbildungskraft arbeite, sagen Sie, ich sei ein Phantast, ein Komödiant, ein Possenreißer, ein Charlatan, wohl gar ein Betrüger und Verbrecher? Für toll haben sie mich auch schon erklärt. Weidmann, unsere wissenschaftlichen Hauptwerkzeuge sind Vernunft und Gedächtniß. Aber nimm einem Gelehrten die Phantasie, und du legst das Gedächtniß in Ketten, du beschneidest der Vernunft die Flügel. Nimm mir die Kraft des Gedankenflugs, und ich höre auf, ein Gelehrter zu sein, ich bin ein elender Federfuchser wie sie. Wahr‍lich, Weidmann, der Gelehrte, in dem nicht ein Stück Dichter steckt, ist keinen Schuß Pulver werth! — Und sie sagen: wo bleibt der historische Beweis? Tausend Einzel‍thatsachen lieferten ihm längst, jedes naive Gemüth kann ihn mit Händen greifen. Aber sie beruhigen sich nicht. Leute vom Schlage derer, die nicht eher glauben, daß

die Völkerschlacht geschlagen wurde, als bis sie einen
Zettel von der Hand des Korsen auffinden: „Heute am
achtzehnten Oktober 1813 habe ich, Napoleon Buonaparte,
die Schlacht bei Leipzig verloren". — Die wissenschaft=
lichen Zeitschriften laufen auf ausgetretenem Pfade, die
Tagesblätter sind die Oberflächlichkeit selbst, die Familien=
blätter sind der Tod des Gedankens. Das Buch ist dem
Aussterben nahe. Ehe eine neue Bibliothek gebaut wird,
baut man tausend Kasernen. — Genug davon. (Mit
eisiger Ruhe.) Weidmann, es ist jetzt (Er blickt auf die Taschenuhr.)
Zwölf Uhr zehn Minuten. Morgen um die gleiche
Stunde sitze ich im Honoratiorenzimmer der „Goldenen
Pickelhaube" der ehrsamen Stadt Neu=Ruppin in der
Mark Brandenburg, am Stammtische meines Onkels, er=
hebe das Deckelglas, gefüllt mit echtem Kulmbacher —
auf dem ganzen Erdkreise wird es nicht sorgsamer ge=
pflegt als in der „Goldenen Pickelhaube", Kellerwärme,
jedes Glas einzeln aus dem Keller — erhebe mein Deckel=
glas und komme dir einen Halben. Und über's Jahr
wirst du in allen Zeitungen des In= und Auslandes
lesen, daß es demselben Manfred Roemer, der einst brot=
lose Künste trieb, gelungen ist, ein neues Magenelixir
zu brauen. Fünfzig Industrie= und Gewerbe=Aus=
stellungen Europa's, Amerika's und Asien's beglücken
mich mit goldenen Medaillen und mit Ehrendiplomen
in Kupferstich, meine Erfindung wird von Autoritäten
dicht neben die des Malzkaffees gestellt. Die medicinischen
Koryphäen sämmtlicher Welttheile geben mir strengwissen=
schaftliche Belobigungszeugnisse. Manfred Roemer
hat sich in den Augen der Welt rehabilitirt. —

Du entschuldigst, wenn ich in meinen Reisevorbereitungen fortfahre. (Er geht langsamen Schrittes in's Nebenzimmer.)

Baron Weidmann

blickt ihm lange nach, geht bedächtig an Manfred's Schreibtisch und läßt sich in Manfred's Schreibstuhl nieder.

Armer Freund! Solchen Pfeilen hält auch mein unempfindliches Dickhäuterfell nicht Stand. — Weidmann, amüsire dich doch! Weidmann, nimm deinen Verstand zusammen und rette den Freund! Du bist Baron, hast 'ne halbe Million, du mußt doch Alles fertig kriegen! (Er stützt den Kopf in die Hand.

Sechste Scene.

Baron Weidmann. Julia tritt ein. Sie vermuthet im Schreibsessel Manfred.

Julia.

Mein Freund —!

Baron Weidmann.

Julia?! Sie, hier? — Ahnen Sie es, daß er dem Ertrinken nahe ist, und daß diesmal meine Kraft nicht ausreicht? — Schlagen Sie nicht die Augen nieder. In diesem Augenblicke redet der Mensch zum Menschen. Dieser Rücken war bis heute zu stolz, sich zu einem Handkusse zu beugen. Meine Weisheit ist zu Ende. Er küßt ihr die Hand.) Dank! Dank! Julia, rette du ihn!

(Schnell ab.)

War das der sarkastische Baron Weidmann von gestern? Die kluge ruhige Beobachterseele? So schreit nur der tiefste Schmerz echter Freundesliebe! O, ich ahnte es nur zu gut, daß Alles auf dem Spiele steht. Und wenn ich mein Alles dagegen einsetze, ist es denn wirklich so viel? Wenn er verwundet wäre, und ich seine Pflegerin, es würde von der Welt als edle That gepriesen. Wenn er im Fieber läge, und ich wäre eine barmherzige Schwester, ich würde nichts als Ehre davon ernten. Manfred, Geliebter, du bist verwundet, auf den Tod verwundet, deine Seele ist von schwerer Krankheit befallen. Was ist ein Ruf? Was ist ein Name? Was gilt mir das Urtheil der Welt? Du bist meine Welt. Manfred, ich bleibe. Dank dir, mein heißes Herz, du hast mich den rechten Weg geführt! Er kommt.

Siebente Scene.

Julia. Manfred tritt wieder ein.

Manfred.

Julia?!

Julia.

Wenn Romeo nicht zu seiner Julia kommt, dann muß wohl Julia zu ihrem Romeo kommen.

Manfred kalt.

Meine Gnädige, die Zeit zu scherzen ist für mich vorbei. Ich bin nicht in der Laune, poetische Vergleiche anzustellen. Ich befinde mich im nüchternsten Zustande von der Welt. Gleichgiltigkeit vom Scheitel bis zur Sohle.

Julia.

Als ob Sie das je fertig brächten. Manfred, Sie wollen sich selbst belügen.

Manfred.

Sie haben meinen Brief noch nicht erhalten?

Julia.

Weil ich ihn erhalten habe, sehen Sie mich hier.

Manfred.

Nun also, ich habe Ihnen alles geschrieben, was zu sagen war, Alles. Auch daß eine Antwort nicht nöthig ist. Was wollen Sie von mir?

Julia.

Dich selbst.

Manfred.

Mein Ich brauche ich für mich allein. Jetzt mehr als je. Julia, Sie sind schön, Sie sind jung, gehen Sie, verlassen Sie diesen Raum so schnell Sie können. Sie würden sich kompromittiren und mir vermögen Sie doch nicht zu helfen.

Julia.

Ich habe mich bereits kompromittirt.

Manfred.

Noch nicht. Oder glauben Sie, ich habe nicht schweigen gelernt?

Julia.

Sie werden schweigen. Aber ob andere? Ich hatte die Ehre, an der Schwelle Ihrer Hausthür von der Geheimeräthin mit voller Namensnennung begrüßt zu werden. Sie sah mich die Treppe heraufschreiten. Geopfert bin ich also —. Und wenn ich hier nichts erreiche, gar nichts, so wäre das Opfer völlig umsonst geschehen. Die Zunge der Geheimeräthin wird schon heute Abend unendliche Arbeit davon haben.

Manfred.

So weiß die Welt morgen, daß ich eine Geliebte besitze, und daß mich diese Geliebte in meiner Wohnung besucht. Ob das meine Lage verbessert? Ich bezweifle es.

Julia.

Manfred, wenn mir nicht Ihre Worte von gestern unaufhörlich in den Ohren klängen, würde ich Sie für den herzlosesten Mann von der Welt halten. Ein Jahr lang warst du mein, ob du je wieder mein wirst, ich weiß es nicht. Eines aber weiß ich: Ich bin dein, jetzt und immer.

Manfred.

Also ich habe eine Geliebte, die ich nicht wieder los werden kann.

Julia.

Manfred, gestern noch deine Geliebte. Die heute hier steht, ist dein Weib.

Manfred.

Julia, was machen Sie aus mir? Verzeihen Sie den Ton, den ich angeschlagen habe. Vergessen Sie, wie ich all das sagte. Aber jetzt hören Sie mich ruhig an und dann, Julia, gehen Sie, ich beschwöre Sie bei der Liebe, die einst für Sie in meinem Herzen geglüht hat.

Julia.

Reden Sie, mein Freund.

Manfred.

Verehrte Freundin, der Mensch hat zuweilen schwache Stunden. Auch einem sogenannten Weisen bleiben sie nicht erspart. Eine solche Stunde hatte ich gestern. Sie wissen, wie alles kam.

Julia (von hier an mit leichtem Humor).

Ich glaube mich dessen schwach zu erinnern. Sie waren so unvorsichtig, sich mit mir zu verloben.

Manfred.

Aber ich habe mir die Sache seit gestern reiflich überlegt. Julia, Sie finden tausend andere. Wenn Sie mich liebten — Sie sind vernünftig, Sie werden vergessen. Wie auch ich vergessen habe.

Julia.

Habe? Müssen Sie aber ein vergeßlicher Mensch sein!

Manfred.

Ein Mann, der ganz der Wissenschaft leben will, darf nur diese, die Göttliche, lieben, und kein irdisches

Weib nebenher. Unsterbliche Geisteskinder soll er zeugen und nicht armselige Menschenwürmer, wie jeder Tage= löhner, in die Welt setzen. Die Liebe darf sich nicht in wissenschaftliche Dinge mischen, ebensowenig wie sie sich in geschäftliche Dinge mischen darf.

Julia.

Lieber Freund, erst haben Sie es als Bärbeiß ver= sucht, nun versuchen Sie es als nüchterner Pedant. Es steht Ihnen keins von beiden recht. Aber wer in aller Welt sagt Ihnen denn, daß ich mich mit meiner Liebe in Ihre wissenschaftlichen und Ihre geschäftlichen An= gelegenheiten mischen wollte?

Manfred.

Dem weisen Manne soll die Liebe nur ein Nebenher, nur eine Tändelei sein.

Julia.

Nun, und wenn ich Ihnen nichts sein wollte als ein Nebenher, als eine Tändelei? Manfred, wenn mir das genug wäre? Mehr als genug? Wenn ich mich als Spielzeug in Ihrer Hand glücklicher fühlte, denn als Königin an der Seite eines anderen?

Manfred.

Sie, Julia? Und nur mein Spielzeug?

Julia.

Ich will Sie erheitern, ich will Sie froh machen in Stunden, wo Sie sich zu frischer wissenschaftlicher Arbeit stählen wollen. (Mit vorbrechender Leidenschaft.) Manfred, siehst du denn nicht, hörst du denn nicht, fühlst du denn nicht, daß ich dich liebe und nur noch in deiner Liebe lebe?

Du bist der Starke! Du brauchst nicht mich! Verblendet kam ich mit dieser Anschauung her. Ich brauche dich!

Manfred.

Holde Lügnerin!

Julia.

Was ist Wahrheit? und was ist Lüge? Ich lebe, ich athme, ich sehe dich wieder lächeln und ich fühle, daß mir das Glück nach dem Herzen greift. Das ist, und sonst weiß ich nichts.

Manfred.

Julia, noch einmal, ich bitte Sie, gehen Sie, ich kann nicht weiter.

Julia.

Manfred, zertritt mich, aber heiß mich nicht gehen.

Manfred.

Julia, Kind, Weib, was thust du? Du vergißt, ich bin nicht nur ein Gelehrter, ich bin auch ein Mann. Hörst du, Julia, ein Mann mit seinen Schwächen und mit seiner Kraft. Und einer, der dich liebt mit Leib und Seele, Julia, mit Seele und Leib. (Er stürzt ihr zu Füßen.)

Julia.

Du liebst mich? Du liebst mich? Und denkst, ich soll mich vor dir fürchten, närrischer Mann? Endlich halte ich mein Glück fest und soll mich vor ihm fürchten? Dein, dein mit Leib und Seele!

(Der Vorhang fällt.)

Verwandlung.

Großer Festball der Gelehrtenversammlung. Hellerleuch-
teter und reichgeschmückter Festraum. Eine breite Por-
tiere im Hintergrunde trennt den Raum vom Ballsaale.
Sie ist etwas zurückgeschlagen, so daß man die einzelnen
Paare erblickt, die beim Takte der Polonaise vorüber-
schreiten.

Achte Scene.

Müller im Vordergrunde auf einem Divan, Notizbuch und Bleistift
in der Hand.

Müller.

Einst schlägt auch mir die seel'ge Stunde,
Da weiß ich kaum mehr, wer ich bin,
Und wie ein Blitz zuckt's mir vom Munde:
Nimm, Mädchen, meine Seele hin!

Der Polonaisentakt hat wirklich etwas Anregendes;
es war ein guter Gedanke von mir, nicht zu engagiren.
Wirklich, mir sind die Verse noch nie mit solcher Leichtig-
keit geflossen. (Er deklamirt mit starkaufgetragener Empfindung.)

Nimm, Mädchen, meine Seele hin!

(Von hier an langsam überlegend. Bedeutsam rauscht es ... Bedeutsam rauscht es in den Zweigen ... Zweigen — schweigen — neigen — steigen — geigen ... Hm — Bedeutsam rauscht es in den Pappeln ... Pappeln — schnappeln — zappeln — tappeln — rappeln — Nein. — Halt! Ich hab's! Rüstern — flüstern! Bedeutsam rauscht es in den Rüstern — Oh, die Rüster ist ein poetischer Baum!

Bedeutsam rauscht es in den Rüstern,
Du neigst dich zu mir wie im Traum,
Und deine süßen Lippen flüstern:

Neunte Scene.

Müller. Dessauer und die Geheimeräthin treten im Gespräche mit einander ein.

Dessauer

(mit lauter, schnarrender Stimme, und zwar so, daß es sich genau an die drei Verszeilen Müller's anschließt).

Nu schlag' mir einer 'n Purzelbaum!

Müller zuckt schmerzlich zusammen, springt empor, drückt die Hand auf's Herz und eilt ab.)

Dessauer kopfschüttelnd).

Was Sie sagen! Was Sie sagen!

Geheimeräthin.

Aber wie gesagt, nur unter dem Siegel der Verschwiegenheit. Ich möchte um alles in der Welt nichts Böses über die Leutchen aussagen. Es bricht ja so schon genug Unheil über sie herein.

Zehnte Scene.

Die Vorigen. Die Musik im Saale verstummt. Natalie und Olga treten auf.

Olga.

Sie meinen wegen der Blamage heute in allen Blättern?

Natalie.

Und mit hochrothen Backen soll sie das Haus wieder verlassen haben.

Olga.

Eine geschlagene Stunde ist sie bei ihm geblieben.

Dessauer.

Aber, Mädchen, die Frau Geheimeräthin ...

Olga.

O, unter dem Siegel der Verschwiegenheit dürfen wir's ihr schon vertrauen.

Natalie.

Um so eher, als es die gnädige Frau doppelt inter-essiren muß, weil es in ihrem Hause paffirt ist.

Elfte Scene.

Die Vorigen. Schiefberk, Schrippe, Kerwel, von Negele, Ernestine, Müller und andere Herren und Damen treten auf.

Schrippe.

Er hat sich ja rein unmöglich gemacht!

Dessauer.

Wie, so wissen Sie auch schon?

Kerwel.

Es flattert ja „unter dem Siegel der Verschwiegenheit" durch den Saal.

(Allgemeines Kichern.)

Dessauer.

Solche Wahrheiten lassen sich nicht lange verbergen.

Geheimeräthin.

Meine Herrschaften, da Sie denn einmal unterrichtet
sind, darf ich Ihnen wohl noch einige Details . . .

(Man steckt die Köpfe zusammen.)

Zwölfte Scene.

Die Vorigen. Henzi tritt ein.

Henzi.

Die Herrschaften stehen so geheimnißvoll. Erlauben
Sie wohl, daß ich Ihnen auch eine wichtige Mittheilung
mache? Allerdings vor der Hand unter dem Siegel der
Verschwiegenheit.

(Alle lachen.)

Henzi.

Nun, was giebt's da zu lachen?

Schiefberk.

Henzi, Sie kommen mit Ihren Neuigkeiten einen
Posttag zu spät.

Henzi.

Ist Roemer noch nicht hier?

Schiefberk.

Er wird sich wohl hüten, zu kommen.

Geheimeräthin.

Vielleicht Arm in Arm mit Fräulein Engel? Sie würden wahrlich heute Effekt machen!

Aerwel (zu Henzi).

Sehnen Sie sich so sehr nach ihm?

Schiefberk.

Das Pärchen ist vielleicht schon auf der Hochzeitsreise.

Henzi.

Nun, sie ist doch aber sehr erfreulich für Roemer, die Aeußerung, die — —

Schluß - Scene.

Die Vorigen. Manfred tritt Arm in Arm mit Julia in den Saal. Hinter ihnen Baron Weidmann. Allgemeines Staunen und Murmeln.

Henzi.

— die Aeußerung, die seine Majestät gethan hat, Roemer sei der größte Gelehrte der Neuzeit.

Alle durcheinander.

Ei, das wäre! — Seine Majestät? — Hat Seine Majestät das Werk gelesen?

Henzi.

Ich darf meine Quelle nicht verrathen. Aber daß ich nicht näher hinzuschauen brauche — das ist in diesem Falle sicher.

Schiefberk (leise zu Schrippe).

Ein Paar Artigkeitsphrasen dürften wohl am Platze sein.

Schrippe.

Sie binden nicht. Henzi, sind Sie ganz sicher?

Henzi.

Sie werden es bald aus besserem Munde bestätigt erhalten.

Schiefberk.

Nun also, etwas muß geschehen. (Er geht auf Manfred und Julia zu, die unterdeß von den Anwesenden begrüßt worden sind.) Mein werther junger Freund, wir haben Ihnen noch nicht für den Genuß gedankt, den uns Ihre gestrige Rede bereitet hat.

Schrippe.

In der That, wenn auch nicht alle einer Meinung mit Ihnen sind . . .

Kerwel.

Wie wäre das je unter bedeutenden Köpfen . . .

Schrippe.

und bei einer bedeutenden wissenschaftlichen That gleich von Anfang an möglich?

Kerwel.

So bot doch Ihre Darlegung interessante Gesichts-
punkte die Fülle.

Baron Weidmann (halb zu Julia).

Was ist das? Die Komödie nimmt eine Wendung,
die heute Morgen nicht zu erwarten war!

Schiefberk.

Und der nächste Schritt, den ich thun werde, ist, Ihre
Ernennung zum außerordentlichen Professor an hiesiger
Universität vorzuschlagen, mein Herr Roemer. Ich glaube
damit nicht nur im Sinne meiner Kollegen, sondern zu-
gleich im allerhöchsten Sinne zu handeln.

Manfred.

Haben Sie verbindlichen Dank für die gute Meinung, Herr Geheimerath. Aber seit gestern ist es mir
klar: mein Beruf ist ein höherer.

Schiefberk.

Sie haben einen Ruf? Und welche Universität wäre
uns zuvorgekommen?

Manfred.

Keinen Ruf, Herr Geheimerath, und nicht von
außen — einen Beruf, sagte ich, und von innen.

Schiefberk.

Ah, Beruf!

Baron Weidmann (halblaut).

Ah, Beruf! Das stille, das heimliche Ding, das gewisse Herren so leicht über der tollen Jagd nach lautem „Ruf" und „Rufen" vergessen.

Manfred
(Während seiner Worte bildet sich allmählich ein immer größerer Kreis von Zuhörern).

Es ist schön, Herr Geheimerath, ein Dutzend Jünglinge, Hunderte, im Laufe der Zeit Tausende, mit aufnahmsfähigen Seelen an unseren Lippen hängen zu sehen. Frische, fröhliche Studentengemüther vorbereiten zu dürfen auf den Eintritt in die Heiligthümer der Wissenschaft. Aber es giebt noch ein anderes: auf erhabener Warte zu stehen und zum ganzen Volke, zu allen Völkern zu reden, zu Tausenden, zu Millionen, und es so zu reden, daß es nicht nur die Mitwelt, daß es auch die Nachwelt hört.

Graf von Thum
(ist während der Worte Manfreds eingetreten und kommt jetzt langsam nach vorn).

Schiefberk (ihm entgegen).

Excellenz, wir fühlen uns hochbeglückt, den berufensten Vertreter Seiner Majestät unseres allergnädigsten Königs und Herrn in unserer Mitte begrüßen zu dürfen. Meine Herren und Damen, ich fordere Sie auf, mit mir einzustimmen in den begeisterten Ruf der tiefsten Herzensüberzeugung: Seine Majestät unser allergnädigster König und Herr, der erhabene und weise Rector Magnificentissimus der Karl-Friedrichs-Universität, er lebe hoch!

Alle

(mit dreimaligem Trompeten- und Paukentusch).

Hoch! Hoch! Hoch!

Baron Weidmann (zu Julia).

Ich hörte einst in der Sahara einen beutehungrigen Löwen brüllen —

Julia.

Baron, Sie vergessen, daß ich neben Ihnen stehe. Ihr Wüstenvergleich hinkt.

Baron Weidmann.

Verehrte Freundin, keine Wüste ohne Oase. Aber Sie werden mir doch Recht geben, wenn ich sage: gut gebrüllt, Löwe!

Julia.

Sie bleiben der Unverbesserliche.

Schiefberk.

Und denken Sie, Excellenz, eben war ich auf dem besten Wege, mir einen Korb zu holen. Ich wäre untröstlich, wenn es Excellenz nicht gelänge, was mir soeben mißglückt ist, unseren verehrten Herrn Manfred Roemer zur Annahme einer außerordentlichen Professur zu bewegen. Wir von der Fakultät stimmen dem gestrigen Ausspruche Seiner Majestät voll und durchaus zu: Manfred Roemer ist einer der größten Männer unserer Zeit.

Graf von Thum.

Gestern hätte seine Majestät diesen Ausspruch gethan? Daß ich nicht wüßte. Ich selbst war es, an den der König die Worte richtete, die der Herr Geheimerath im Sinne haben.

Schrippe.

Meine Herrschaften, hören Sie wohl. Wir haben die authentische Quelle vor uns, die authentische Quelle in Gestalt der Worte Seiner Excellenz. Es steht uns ein doppelter Genuß bevor.

Henzi.

Man kann nie nahe genug hinsehen.

Graf von Thum.

Die Worte, die Seine Majestät gestern an mich zu richten geruhten, lauteten: „Wenn seine Theorie sich bestätigt, dann ist Manfred Roemer einer der größten Denker unserer Zeit".

Schiefberk.

Wir sind Excellenz zu Danke verpflichtet.

Stimmendurcheinander.

Ah, wenn —! Alles schwebt in der Luft! Wenn — Dann! Ha ha!

Manfred.

Sie können sich beglückwünschen, Herr Geheimerath, daß ich nicht zu zeitig auf Ihre Wünsche eingegangen bin. *Indem sich alle mehr und mehr zurückziehen, erweitert sich der Kreis um Manfred.*

Baron Weidmann (zu Julia).

Der Wind weht aus einer neuen Richtung. Wollen wir auch die Wetterfahne spielen?

Julia.

Manfred lächelt. Sehen Sie, Baron, unser Freund hat die Stimmung des Morgens völlig überwunden. Sein Geist ragt in eine höhere Region als in die der Wetterfahnen.

Schiefbert.

Meine Anfrage war allerdings zunächst nur offiziös gemeint, nicht offiziell.

Graf von Thum.

Ihre liebenswürdige Ahnung, meine Herren, hat Sie übrigens doch nicht betrogen. Das mit dem Wenn geschah gestern. Gestern, als Majestät die Einleitung zu Ende gelesen hatten. Aber heute Mittag hatte der König die Lektüre des ganzen Buches beendigt. Und nun lauteten seine Worte: „Thum, dieser Roemer ist in der That einer der besten Köpfe der Zeit! Den müssen wir festhalten". — Diesmal ohne alles Wenn.

Stimmendurcheinander.

Ah — einer der besten Köpfe! — Ohne alles Wenn! Klar und deutlich. —

Baron Weidmann
markirt das Händereiben. Zu Julia).

Fräulein Julia, ich amüsire mich.

Julia.

Wie gut, daß wir nicht vorhin auch „Wetterfahne" gespielt haben. Mir würde von dem Hin und Her ganz schwindlig werden.

Graf von Thun.

Herr Geheimerath Professor Doctor Schiefberk, ich habe mich jetzt Ihnen gegenüber eines angenehmen Auftrages Seiner Majestät zu entledigen. Seine Majestät haben in dem Buche, das Sie die Güte hatten, Majestät zu dediciren, die ersten fünfzig Seiten mit angestrengter Aufmerksamkeit zweimal durchgelesen, es dann der öffentlichen königlichen Bibliothek überantwortet und angeordnet, daß es in Kalbleder gebunden werde. Majestät haben ferner geruht, Ihnen den Titel eines Wirklichen Geheimeraths mit dem Prädikat Excellenz beizulegen, und mich beauftragt, Eurer Excellenz das Komthurband vom Karl Friedrichs-Orden zu überreichen. *Ein Diener übergiebt das Band dem Grafen. Die Ceremonie findet statt.* Im Übrigen meinten Majestät, Wenn der Ruf, den Euer Excellenz von der Universität Upsala erhalten haben, bedeutende Vortheile böte, so wäre es ein Ding der Unmöglichkeit, Euer Excellenz länger hier zu fesseln.

Schiefberk
verneigt sich tief, aber schweigend.

Graf von Thun.

Jetzt zu Ihnen, Herr Roemer. Majestät fragte mich nach der beendeten Lektüre Ihres Buches, was zu thun sei. Wir sind einigermaßen in Verlegenheit. Solchen Leuten, wie Sie sind, ist mit einem Orden nicht gedient. Majestät hofft, baldigst mündlich einige Hauptpunkte Ihrer Lehre mit Ihnen besprechen zu können.

(Manfred verneigt sich tief, Graf Thum reicht ihm die Hand.)

Müller (für sich).

Vielleicht ist in Upsala eine Gymnasiallehrerstelle zu besetzen. Morgen fange ich an, Schwedisch zu lernen.

Baron Weidmann.

Utan svafvel och fosfor, aber con amore.

Schiefberk (zu Roemer).

Mein junger Freund, schreiten Sie tapfer weiter auf dem Pfade der Wissenschaft! Ich wünsche Ihnen alles Gute auf den Weg.

Graf von Thum.

Ganz das Gleiche, Excellenz, ganz das Gleiche!

Schiefberk

(geht mit Frau und Tochter nach allen Seiten grüßend ab).

Müller

(verschwindet im Gedränge und verläßt den Saal).

Baron Weidmann (zu Julia).

Beneidenswerther Mann! Nach Upsala bin selbst ich auf meinen Weltreisen noch nicht gelangt!

Manfred.

Gestatten Excellenz, daß ich Ihnen meine Braut, Fräulein Julia Engel, vorstelle.

Graf von Thun.

Diesen Mann wird die Liebe nicht der Wissenschaft abspenstig machen. Mein Fräulein, bleiben Sie auch fürder der gute Stern des Mannes, den Sie lieben.

Manfred.

Zwei helle Sterne leuchten seit gestern meinem Sein: die Wissenschaft und Julia. Will sich ihnen als dritter, als mächtigster, die hohe Gnade eines Monarchen hinzugesellen?

Graf von Thun.

Nicht die Rolle eines Leitsterns ist es, Herr Manfred Roemer, die Seine Majestät beansprucht. Ihnen gegenüber will der König nur der stille, aber treue Beobachter sein, ein Mann, der auch dann nicht an Ihnen irre wird, wenn der Weg zur Wahrheit ein wenig im Zick-Zack geht. Ein weiser Monarch und ein guter Staat ist sich bewußt, daß er nichts Höheres hat als seine Denker, und daß er diesen Denkern nichts besseres zu bieten vermag, als Freiheit und vollen Schutz dieser Freiheit.

Manfred.

Herr Graf, noch nie habe ich es so tief wie in diesem Augenblicke empfunden, was es heißt, ein Bürger dieses Staates zu sein.

Julia.

Manfred, ich bin so glücklich!

Baron Weidmann.

(In scherzhaftem Tone.) Kinder, ich amüsire mich —
(Im Tone der tiefsten Überzeugung.) aber diesmal von ganzem
Herzen.

(Der Vorhang fällt.)

Ende.

EDWIN BORMANN.

Bücher.

Das Shakespeare-Geheimniss, cart. M. 20.—. geb. M. 22.50.
The Shakespeare-Secret, cart. M. 20.—. geb. M. 22.50.
Der Anekdotenschatz Bacon-Shakespeares, cart. M. 10.—.
    geb. M. 12.—.
Neue Shakespeare-Enthüllungen I, cart. M. 1.—.
    do.   II, cart. M. 1.—.
Was ist Wahrheit? und Wer da? Ein Flugblatt, M. —.30.
Humoristischer Hausschatz, geb. in Skytogen M. 2.50. geb.
    in Leinwand M. 5.—. geb. in Kalbleder M. 10.—.
Klinginsland, geb. M. 4.50.
Schelmenlieder, geb. M. 3.—.
Das Büchlein von der schwarzen Kunst, geb. M. 3.—.
Allerlei Liebenswürdigkeiten, geb. M. 3.—.
Das Buch des Herzens, geb. M. 2.50.
Ein jedes Thierchen hat sein Pläsirchen, geb. M. 2.50.
Ballfreuden, cart. M. 1.—.
Reineke Fuchs, cart. M. 1.50.
Der Gouverneur von Tours, geb. M. —.50.
Mei Leibzig low' ich mir! geb. M. 3.—.
Leibz'ger Allerlei, geb. M. 3.—.
Leibz'ger Lerchen, geb. M. 3.—.
Von Gamerun bis zur Schwandeiche, geb. M. 3.—.
De Säck'sche Schweiz un das geliebde Dräsen, geb. M. 3.
'S Buch von Klabberstorche, geb. M. 3.50.
Mei Frankfort low' ich mir! cart. M. 1.—.
Herr Engemann, geb. M. 2.50.
I nu heern Se mal! geb. M. 2.50.
Johann Sebastian Bach, Photogravüre, M. 1.50.
Die Komödie der Wahrheit, geb. M. 2.—.

Poetische Papier-Ausstattungen.

Schwalben-Briefe, M. 3.—.
Schatzkästlein, M. 3.—.
Blumen-Briefe, M. 3.—.
Frohe Botschaft, M. 3.—. } Je 24 Briefbogen und 24
Tinten-Phantasien, M. 3.—.   Couverts in eleg. Schachtel.
Lang' ist's her, M. 3.—.
Liebesboten, M. 2.—.
Hans und Gretel, M. 1.50.
Schwalben-Postkarten, M. —.60.
Eilpost, M. —.60.
Blumen-Postkarten, M. —.60.
Säck'sche Allerwelts-Bostkarten, M. —.60.
Strand-Grüsse, M. —.60.
Quellen-Grüsse, M. —.60. } Je 10 Post-
Berg-Grüsse, M. —.60.   karten in
Frohe Botschaft, M. —.60.   eleg. Mappe.
Tinten-Phantasien, M. —.60.
Lang' ist's her, M. —.60.
Durstige Postkarten, M. —.60.
Schnadahüpfl-Postkarten, M. -- 60.
Tafelrunde, M. 3.—.
Wohl bekomm's! M. 3.—.
Rebenblüthen, M. 3.—. } Je 25 Tisch-
Heitere Tafellied-Tischkarten. 1. Das Lob   karten in eleg.
   des Trinkens, 2. Das hohe Lied von   Etui.
   der deutschen Frau, 3. Das Lied
   von der Feuchtigkeit, je M. 3.—.
Poetische Speisezettel, 4 Menus, M. 1.—.
Darf ich bitten! 12 heitere Tanzkarten in eleg. Umschlage,
   M. 1.75.
Universal-Karten, 100 Stück in eleg. Schachtel, M. 9.—.
Universal-Karten, 50   „   „   „   M. 4.50.